寻找桃花源

中国重要农业文化遗产地之旅丛书

什川梨园

苑利 ◎主编　卫丽 ◎著

北京出版集团公司

北京美术摄影出版社

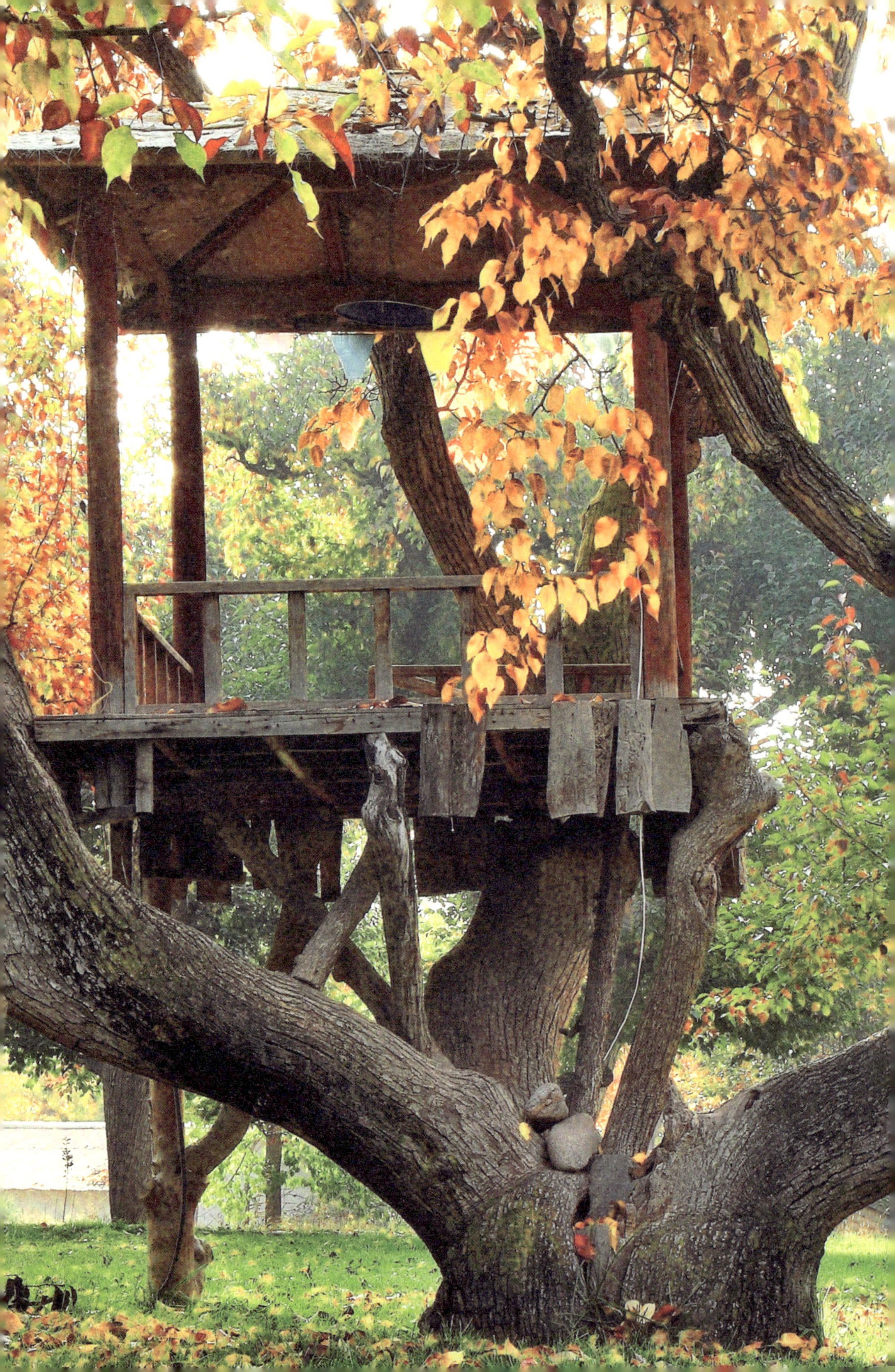

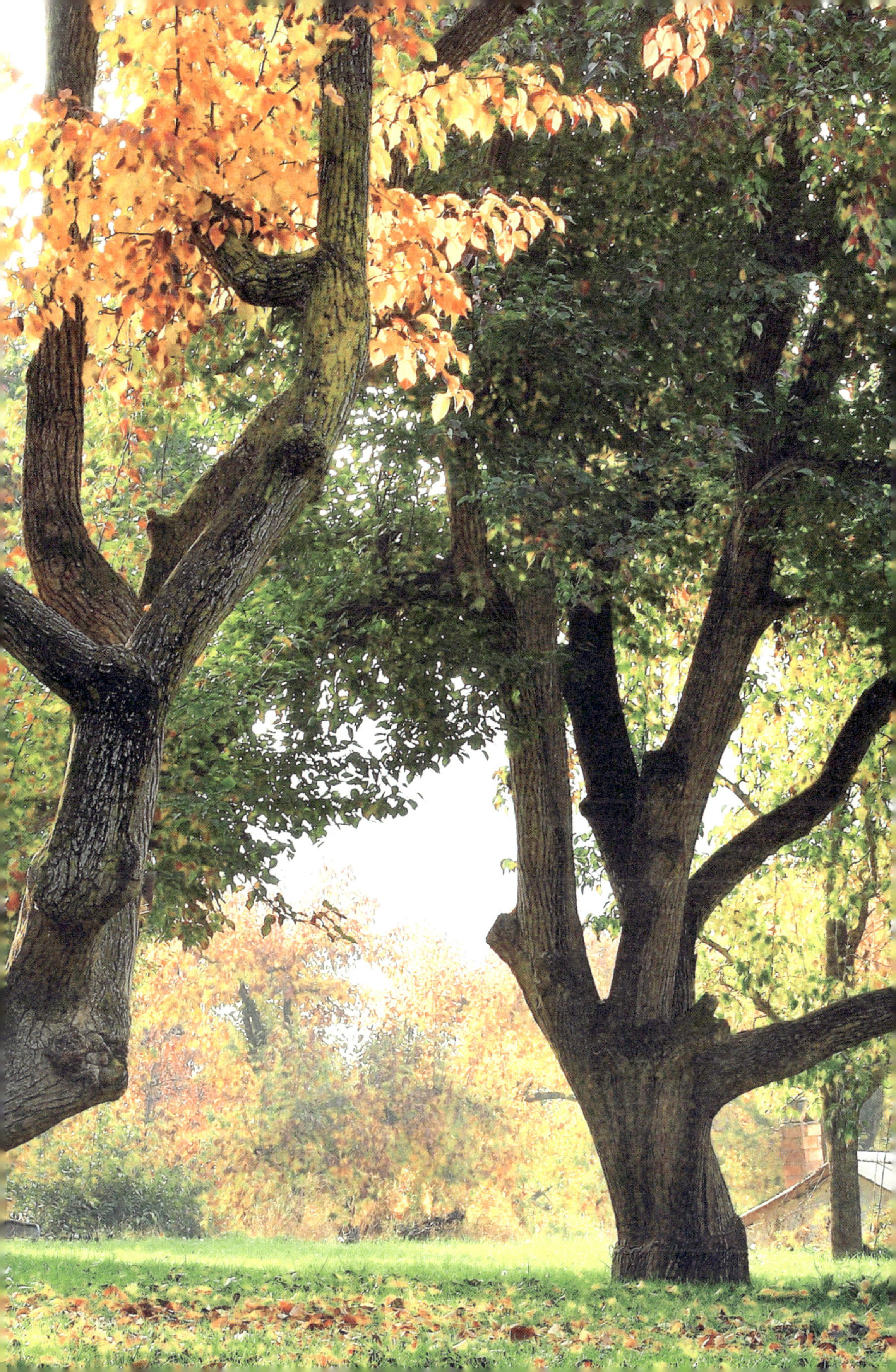

图书在版编目（CIP）数据

什川梨园 / 卫丽著. — 北京 : 北京美术摄影出版社，2019.12

（寻找桃花源 : 中国重要农业文化遗产地之旅丛书 / 苑利主编）

ISBN 978-7-5592-0333-5

Ⅰ. ①什… Ⅱ. ①卫… Ⅲ. ①故事—作品集—中国—当代 Ⅳ. ①I247.81

中国版本图书馆CIP数据核字（2020）第007025号

总 策 划：李清霞
责任编辑：赵　宁
执行编辑：班克武
责任印制：彭军芳

寻找桃花源　中国重要农业文化遗产地之旅丛书

什川梨园
SHICHUAN LIYUAN

苑　利　主编

卫　丽　著

出　版	北京出版集团公司
	北京美术摄影出版社
地　址	北京北三环中路6号
邮　编	100120
网　址	www.bph.com.cn
总发行	北京出版集团公司
发　行	京版北美（北京）文化艺术传媒有限公司
经　销	新华书店
印　刷	天津联城印刷有限公司
版印次	2019年12月第1版第1次印刷
开　本	787毫米×1092毫米　1/16
印　张	15.75
字　数	227千字
书　号	ISBN 978-7-5592-0333-5
定　价	88.00元

如有印装质量问题，由本社负责调换

质量监督电话　010-58572393

中国农业历史学会推荐丛书

中国重要农业文化遗产专家委员会推荐丛书

全球重要农业文化遗产专家委员会推荐丛书

目 录
CONTENTS

🍐 ⋯⋯ ⋯⋯

　　如果有人问我，在浩瀚的书海中，哪部作品对我的影响最大，我的答案一定是《桃花源记》。但真正的桃花源又在哪里？没人说得清。但即使如此，每次下乡，每遇美景，我都会情不自禁地问自己，这里是否就是陶翁笔下的桃花源呢？说实话，桃花源真的与我如影随形了大半生。

　　说来应该是幸运，自从2005年我开始从事农业文化遗产研究后，深入乡野便成了我生命中的一部分。而各遗产地的美景——无论是红河的梯田、兴化的垛田、普洱的茶山，还是佳县的古枣园，无一不惊艳到我和同人。当然，令我们吃惊的不仅仅是这些地方的美景，也包括这些地方传奇的历史，奇特的风俗，还有那些不可思议的传统农耕智慧与经验。每每这时，我就特别想用笔把它们记录下来，让朋友告诉朋友，让大家告诉大家。

机会来了。2012年，中国著名农学家曹幸穗先生找到我，说即将上任的滕久明理事长，希望我能加入到中国农业历史学会这个团队中来，帮助学会做好农业文化遗产的宣传普及工作。而我想到的第一套方案，便是主编一套名唤"寻找桃花源：中国重要农业文化遗产地之旅丛书"的书，把中国的农业文化遗产介绍给更多的人，因为那个时候，了解农业文化遗产的人并不多。我把我的想法告诉了中国重要农业文化遗产保护工作的领路人李文华院士，没想到这件事得到了李院士的积极回应，只是他的助手闵庆文先生还是有些担心——"我正编一套丛书，我们会不会重复啊？"我笑了。我坚信文科生与理科生是生活在两个世界里的"动物"，让我们拿出一样的东西，恐怕比登天还难。

其实，这套丛书我已经构思许久。我想我主编的应该是这样一套书——拿到手，会让人爱不释手；读起来，会让人赏心悦目；掩卷后，会令人回味无穷。那么，怎样才能达到这个效果呢？按我的设计，这套丛书在体例上应该是典型的田野手记体。我要求我的每一位作者，都要以背包客的身份，深入乡间，走进田野，通过他们的所见、所闻、所感，把一个个湮没在岁月之下的历史人物钩沉出来，将一个个生动有趣的乡村生活片段记录下来，将一个个传统农耕生产知识书写下来。同时，为了尽可能地使读者如身临其境，增强代入感，突显田野手记体的特色，我要求作者们的叙述语言尽可能地接地气，保留当地农民的叙述方式，不避讳俗语和口头语的语言特色。当然，作为行家，我们还会要求作者们通过他们擅长的考证，从一个个看似貌不惊人的历史片段、农耕经验中，将一个个大大的道理挖掘出来。这时你也许会惊呼，那些脸上长满皱纹的农民老伯在田地里的一个什么随便的举动，居然会有那么高深的大道理……

有人也许会说，您说的农业文化遗产不就是面朝黄土背朝天的传统农耕生产方式吗？在机械化已经取代人力的今天，去保护那些落后的农业文化遗产到底意义何在？在这里我想明确地告诉大家，保护农业文化遗产，并不是保护"落后"，而是保护近万年来中国农民所创造并积累下来的各种优秀的农耕文明。挖掘、保护、传承、利用这些农业文化遗产，不仅可以使我们更加深入地了解我们祖先的农耕智慧与农耕经验，同时，还可以利用这些传统的智慧与经验，补现代农业之短，从而确保中国当代农业的可持续发展。这正是中国农业历史学会、中国重要农业文化遗产专家委员会极力推荐，北京出版集团倾情奉献出版这套丛书的真正原因。

苑　利

2018年7月1日于北京

　　我是在距离第一次去什川整整一年后才知道什川是可以站在高处远眺的。

　　这要感谢老魏。老魏是一位资深媒体人，是"老魏的新视界"公众号的经营者，更是一位地地道道的什川人。可以说我是先走进了"老魏的新视界"，后认识什川的。初次去什川前，在网上查找相关资料，很偶然地便走进了"老魏的新视界"。说偶然，其实也是必然，因为除了官方资料，"老魏的新视界"里几乎囊括了我想了解的什川的一切，他通过这个微信公众平台将全国各地关心、热爱和关注什川古梨园发展的人们聚集在一起，为古梨园的生态保护、文化传承，为什川的百姓民生……呼吁呐喊，同时也在第一时间记录着什川发生的大事小情，而且篇篇都是有血有肉的记录，比起其他资料，更让人感同身受，也更让人对什川心生向往。因此，我第一次去什川，便对它没有任何的陌生感，走在古梨园中，一切都是熟悉的、亲切的。一年后再去什川，自然而然地便像是看望一位老朋友，只是这次不同的是，在老魏的导游下，换了一个角度，站在古梨园对岸的山头上远眺什川。

什川，是位于兰州市东北方黄河臂弯中的一座小镇，因万亩古梨园而闻名于世，洁白的梨花不仅吸引着文人骚客和各方游客，厚重的古梨园更受到各个领域研究者的关注，2013年，这里被评为"中国重要农业文化遗产"。作为农业历史文化的研究者，过去的一年中除了自己的两次到访，中间还派学生两次调查，我们都与当地的农民有过多次交谈，甚至就住在农民家里，加上去什川之前所做的大量准备工作，应该说对这里已然十分熟悉。然而，或许是因为并未生于斯长于斯，对什川的了解总感觉隔着一层，尤其是心中久久存在的疑惑：在如此荒凉的西北黄土群山之中，为什么会有什川这片世外梨园？直到有一天看到甘肃省作家协会主席马步升的一段话：

兰州以东20公里许有什川，初为黄河转弯处一滩地，山围四周，河水穿行其中，外观如盆地然。与兰州地形近似，可视为兰州之缩微版。黄河中上游此种地形甚多，皆因河水劈山，泥沙漫淤所致，而后多为农耕大作、人烟辐辏之地。什川亦如之，而什川独以古老梨园名世。

马先生一语道破什川古梨园得以存在的缘由，给了我莫大启发。黄河与黄土，滋养了一方梨园，让古梨园的历史延续了600余年。金城魏氏在此扎根，后人遍布全国各地，使梨园文化发扬光大。什川似兰州之缩微，又何尝不是中华农耕文化的缩影？作为农业文化遗产和传统农耕文化的研究者，这一方水土，不正是我孜孜以求的研究对象吗？

而这次远眺，发现了什川的大不同。在群山和黄河的环抱之中，什川像一个巨大的摇篮，梨园则像是摇篮中的婴儿，而黄土堆积而成的巍峨群山和流淌不息的黄河则是呵护和哺育它的母亲。花季的梨园，如一片纯洁的雪海，让人不由自主地想要扑向她的怀抱。面对如此美丽的梨园，心底的疑问再次升起，古梨园何以拥有如此强大的生命力？其中的奥秘究竟何在？第一次远眺什川，心情是激动的、震撼的、久久难忘的。然而，这次远眺带给我的思考也是深刻的、绵长的。什川的梨园文化深沉厚重，什川的人民纯朴可爱。什川，这方神奇的土地上，一定还有许许多多耐人寻味的故事等待着我去发掘！

人，需要不断回过头看看来时的路，也需要走出自己的小世界，重新检视内心，人类走过的文明之路同样需要不断的回望与观照。万余年前，人类发明了农业，历经漫长的五千年，人类创造了农业文明，农业文明将人类带入一段和谐久远、深沉厚重的农耕岁月。又一个五千年过去后，人类迎来了声势浩大的工业文明，它改变了过去的一切，从物质到精神，乃至人的灵魂。工业文明的时代是匆忙的，也是令人困惑的：为获得的，也为失去的……

老魏的那片网络新世界，寄托的不仅是老魏本人深沉的家国情怀，更是对从远古走来的厚重农耕文明的守候与回望。什川，这方世外梨园，承载的不只是许许多多什川人的家园梦想，也是千千万万现代人回归田园、回归自然的梦想和无以安放的乡愁。远眺什川，也是在远眺我们的祖先从远古一路蹒跚走来的辉煌而艰难的历程。

结束了半年紧张繁忙的工作，我想是时候去看望这位老朋友了。

卫 丽

2017年6月29日于杨凌

什川全景（张铁柱摄）

🍐 西北的梨印象

01

作为队长，我提醒大家，就什川论什川有些不妥。尽管将呈现给读者的是通俗性的田香手记，但是，我们的调查研究首先应是一项严肃的学术活动，我们必须思考：什川古梨园为什么会存在600年之久？除了什川，西北地区的梨的栽培情况是怎样的？什川的梨树从何而来？什川古梨园在西北地区居于什么样的地位……

为了按丛书主编苑老师的要求调查什川古梨园，我和刘媛、朱家楠、宋宁艳3位同学组成了一个"什川古梨园"调查小团队，并召开了一次讨论会。由于此前没有过类似的调查经历，大家都有点摸不着头脑，话题紧紧围绕什川古梨园，从调查的路线，拜访和采访的单位、人物，到调查内容的拟定都展开了激烈的讨论。但是，作为队长，我提醒大家，就什川论什川有些不妥。尽管将来呈现给读者的是通俗性的调查手记，但是，我们的调查研究首先应是一项严肃的学术活动，我们必须思考：什川古梨园为什么会存在600年之久？除了什川，西北地区的梨的栽培情况是怎样的？什川的梨树从何而来？什川古梨园在西北地区居于什么样的地位？等等。因此，真正走进什川古梨园之前，有必要对西北地区梨树栽培的历史、分布范围、发展脉络和传播路线等问题进行了解。大家纷纷表示赞同，于是，我们开始分工，并相约一个月后召开第二次讨论会。

大约一个月后，同学们如期完成任务，于是，我们召开了第二次讨论会。同学们首先对西北地区梨的总体印象进行了汇报。

首先是刘媛同学汇报西北地区梨树栽培的相关古代文献。她说："梨树属于蔷薇科梨属植物，因其产量高，经济效益好，且口感佳，在我国古代广受欢迎，有'果宗''玉乳''蜜父''快果'等名称。"作为关中人，她特别留意了陕西古代梨树的栽培情况，她说："我查到的西北地区最早关于梨的文献是西周时期的《诗经·秦风》，有'隰有树檖'的记载，其中'檖'就是梨的最早栽培种类。"接着，她还举出现存的石刻资料进行论证，"我知道在陕西岐山县保存着清道光年间的'召伯甘棠'石刻，'甘棠'也是梨的一个栽培品种，《诗经·召南》里也有记载。可见，梨树在陕西地区的种植已有3000年的历史呢。"

朱家楠同学从小生活在青海，他对西北地区的水果了解较多。他接着从地理上说起西北地区果树栽培的自然条件，他说："据我所知，西北的甘肃、青海、新疆、宁夏各省区都有特色水果出产，其中多个城市拥有'瓜果之城'的美誉。这应该与西北地区的地理条件有关。西北地区是典型的干旱区，其自然环境条件虽然极为复杂，却十分适宜果树的生长与结果。西北地区种植果树的历史应该十分悠久，直到今天，果树种植在西北农业生产中依然具有重要地位，我们小时候吃过的梨就有十多个品种，这说明果农在长期的果树栽培实践中，发现和培育了很多果树种类和优良品种，并且积累了丰富而宝贵的经验。"

宋宁艳毕业于西北师范大学历史系，她很喜欢将文献资料体现在地图上，她说："朱师兄说得很对，梨树的环境适应性较强，所以梨树在西北地区直到今天仍然分布很广，但历史时期还是存在着较明显的空间差异。根据我对明清以来地方志的调查，发现关中、陕南、黄河上游及其支流流域、河西走廊、南疆绿洲地带的梨树分布较广，至今仍分布着为数不少的古梨园。其中，大多数梨树树龄超过百年，在陕西的黄陵、彬县、宁强、镇巴，甘肃的兰州、靖远、皋兰，青海的乐都、贵德，以及河西地区的武威、敦煌、临泽等地，还存在着树龄为200~300年的古梨树。甘肃什川古梨园有两棵树龄为441年的古梨树，是目前国内所能见到的最古老的梨树，且树形宏伟，至今每年平均产量仍在2000千克左右。什川古梨园的面积也是最大的，号称万亩果园，其中梨园面积4000多亩[1]。西北地区的古梨园不仅梨树树龄较长，且梨果种质资源丰富，现有梨品种仍可达数十种之多，其中软儿梨、冬果梨、长把梨等均为地方名优品种。但是，除此之外的沙漠、戈壁、草原等不利于灌溉的地区则少有梨树分布。"

为了对西北地区的梨有更深入的了解，我专门请教了我所在的西北农林科技大学果树研究所（原陕西省果树研究所）的专家，他们从专业的角度解答了我提出的关于西北地区为何适合梨树生长的问题。所以，我补充说，从梨的起源上来说，中国是国际公认的东方梨的原产地，西北则是我国梨树较早驯化栽培的中心之一，梨树对土壤的适应性很强，不论高山、丘陵、沙荒、洼地、盐土、碱地、红壤，都能生长。我国古籍中有大量关于梨的记载，而且从文献记载来看，历史时期梨在黄河流域的分布最广，品质也最好。比如说，东汉人傅毅《七激》："乃进夫雍州之梨。"[2]这可以说明东汉时期西北地区的梨已经久负盛名。6世纪时，梨树的栽培经验已经相当丰富，《齐民要术》一书就对北方地区梨树的嫁接繁殖方法"插梨"进行了详细的记述。此后的农学著作皆有涉及。这些都说明，自古以来果树种植就是西北人民重要的农业经营内容。

我提醒同学们还要关注历史时期西北地区梨树栽培的具体情况，同学们根据自己所在的区域，汇总了古代西北地区有关梨的文献。

首先是刘媛同学总结的关中地区的文献。

《括地志》载："御宿苑有含消梨，人间往往有之。"[3]

《初学记》载："汉武帝园，一名樊川，一名御宿。有大梨如五升瓶，落地则破，其主取布囊承之，名曰含消梨。"[4]

《西京杂记》卷一："初修上林苑，群臣远方各献名果异树……梨十，紫梨、青梨（实大）、芳梨（实小）、大谷梨、细叶梨、缥叶梨、金叶梨（出琅琊王野家，太守王唐所献）、瀚海梨（出瀚海北，耐寒不枯）、东王梨（出东海中）、紫条梨。"[5]

唐人张读所撰《宣室志》卷五："唐兴平之西，有梁生别墅。其后园有梨木十余株。"[6]

元朝《王祯农书·百谷谱集》之六《果属》记"梨"曰："……京兆、右扶风郡界诸谷中，梨率多供御。"[7]

刘媛补充说："《括地志》是唐代的地理著作，御宿苑是汉武帝时期的宫苑，就在今天的西安市长安区，可见这个地方盛产梨。除此之外，我还对陕西省现存明清和民国时期地方志进行了统计，物产有梨的县占到陕西全省的78%以上。可见，关中地区的梨在历史上不仅栽培历史悠久，种植范围较广，而且品种多样，品质上乘，还多作贡品。"

宋宁艳同学负责今甘肃和新疆的调研，有关甘肃的文献，她找到的也不少。

十六国时期段龟龙所纂《凉州记》记载："吕光时，敦煌太守宋歆献同心梨。"[8]

清顺治十四年（1657年）《西镇志》："梨，河西皆有，唯肃州、西宁独佳。"[9]

清朝人冯一鹏《塞外杂识》："凉州沙碛之区，近城四面皆沙石，大小磊磊，无一寸土壤。掘地至丈许，尚皆大石。然颇宜于果木，而梨为最。三春花似玉盘，八月果成金坠。形长而味美，收藏至冬，及春则皮黑。剔破一指痕，吸之入口，清沁无比，涤尽人间烟火气矣。"[10]

雍正版《甘肃通志》："梨花靖远最多"，"有黑梨者，冬月即冻，色如墨乃佳，可消煤毒，皋兰较多"。[11]

宋宁艳说："上面记载的凉州地区的梨与皋兰的黑梨应属同一种类。此外，康熙版《兰州志》记载的兰州梨的品种有金瓶梨、香水梨、鸡腿梨、酥蜜梨、平梨、冬果等，同时还记载了'皋兰十景'，其中一景便是'梨苑花光'，可见兰州地区梨树种植的盛况。除兰州，据康熙版《河州志》记载，河州地区的梨的品种更多，有酸梨、棠梨、长柄梨、香水梨、黄皮梨、金瓶梨、白冬果、红冬果、红消梨、酥美梨等。从上面的记载可见，河西走廊的梨早在魏晋南北朝时期就相当有名了，凉州地区的梨大概就是什川的软儿梨。由此可见，河西、兰州、靖远、临夏都是甘肃梨的主要分布区。不过，检索明清时期甘肃的地方志，除了上述4地外，甘肃省的其他县梨树的分布也很普遍，物产中有梨的县占到甘肃省58%以上。"

接着，她又列举了历史时期新疆地区的文献，她说《西京杂记》提到"瀚海梨"，由于瀚海在两汉时期包括今新疆塔里木盆地，因而关中地区的"瀚海梨"，很可能就是指西汉时期出自新疆的梨。这说明西汉时期西域的梨就曾向中原地区传播。她又说，《大唐西域记》记载了玄奘在西域的见闻，其中，玄奘出高昌故地，所到的第一个国家便是阿耆尼国，就是今天天山南路东北部的喀喇沙尔（今新疆焉耆回族自治县），"土宜糜、黍、宿麦、香枣、葡萄、梨、柰诸果"。第二个国家为屈支国，即龟兹，即今天新疆的库车县，"宜糜、麦，有粳稻，出蒲萄、石榴，多梨、柰、桃、杏"。[12]这说明汉唐时期梨在新疆地区的种植已经相当普遍。然后，她又列举了两篇有关新疆的文献。

清朝人史善长撰《轮台杂记》："吐鲁番梨第一，哈密瓜次之，葡萄、石榴又次之。桃、杏、苹果、胡桃与北产无异。梨大不盈握，脆嫩甘香，允为绝品。陕甘总督曾驿取以进。后以疲劳驿骑，停止。冻梨解煤毒，置近火处温之，冻内化，吸可尽，甘如蜜汁。"[13]

民国吴绍璘撰《新疆概观》："库车……园多桑葚、葡萄、梨、瓜。……其梨尤佳，细嫩多汁，甜香适口。"[14]

宋宁艳最后说："吐鲁番的这种'冻梨'和上述凉州、皋兰的黑梨相似，很有可能属于同一种梨，只是目前还不知道它的传播路线。而且新疆种梨的传统直到民国时期依然盛行。"听完她的话，大家纷纷补充说，北方有不少地区都有吃"冻梨"的习惯，而且直到现在新疆的库尔勒香梨还是很有特色，是其他地方的梨替代不了的。

轮到朱家楠同学了，他负责调查青海和宁夏。说起青海的历史，他如数家珍："青海的民和、海东市乐都区、贵德、化隆、循化等东部地区与甘肃毗邻，属于古雍州之地，自汉代以来便成为重要的农耕区，尤其从明代开始，汉族和回族人口大量迁入青海，发展农业生产。"他接着引用清代以来的地方志，说明青海地区梨的栽培情况。他说，据顺治版《西镇志》记载，顺治时期当地就有梨，且"河西皆有，唯肃州、西宁独佳"。到了乾隆时期，据乾隆版《西宁府新志》记载，果类有金瓶梨各种；此外，还有苹果、核桃（壳薄者）出碾伯县（内唯梨、核桃为佳，余也不至于无而已）；此外，还有椒梨，出贵德所。碾伯县即今天的乐都区。说明乐都、贵德两地至少从清代开始就有了梨的种植。当时的碾伯县令徐志丙看到梨花盛开的场景，赞不绝口："河水洋洋逝不休，寻芳何必在芳洲；东风一夜无人见，春满梨花枝上头。"[15]可见，乐都在当时的梨树种植规模是相当大的。到民国时期，据民国版《贵德县志稿》记载，贵德县的物产中梨处于果类的首位，而且"种类不一，有甜酸二种。有黑梨者，冬月色黑如墨者佳，可消煤毒，能解疫渴"[16]。然后，他回应宋宁艳的话题："贵德的这种黑梨与宁艳刚才提到的吐鲁番冻梨，以及凉州、皋兰的黑梨也应该属于同一类型，贵德离甘肃的靖远、皋兰最近，这说明贵德的梨可能是从与之相邻的甘肃靖远、皋兰等地引进的。"大家对他的判断表示赞同。

接下来他又说到宁夏（看来他准备得还是很充分的）。他说，宁夏地处黄河沿岸，水利便利，农业发达，素有"塞上江南"之称。目前所能见到的宁夏最早关于梨的记载是明代弘治年间的《宁夏新志》，清代和民国方志中宁夏各地有关梨的记录已经较为普遍。例如，乾隆版《银川小志》记载银川的梨"皮薄多汁，香甜绝佳，南方所无。有所谓长柄梨，状如木瓜，味更鲜爽"。民国版《朔方道志》记载：宁夏的梨"种类不一、色黄。上洒碎猩点，如酥木，曰酥木梨，又曰酥蜜梨；状如鸡腿，曰长把梨"[17]。此外，中卫、豫旺、灵武、平远、海原、固原等地都有关于梨的记载。

这时候，宋宁艳提出了一个很好的问题，她说："我记得宁夏平原开发得很早，清代以前难道没有梨的相关记载吗？"朱家楠被问住了，同学们也面面相觑。看同学们对这个问题很感兴趣，我接着说："这个问题问得非常好。根据果树史专家的研究，虽然明代以前的史书关于宁夏地区梨的种植记载得较少，却不代表明代之前宁夏就没有梨。六盘山、贺兰山山区的植物资源十分丰富，野生的杜梨、酸梨、川梨等的分布较多，不能排除驯化为栽培梨的可能[18]。"另外，我又想到宁夏的地理位置和民族关系，于是补充道，"宁夏地处中原与西北少数民族政权的中间地带，受战乱、民族迁徙、自然灾害等影响，宁夏的农业生产包括果树栽培都受到过不同程度的影响，这可能也是导致宁夏地区在明代以前很少有记载的原因。从明清时期宁夏的梨树品种和名称都与同时期的甘肃一致，可以看出宁夏的梨当是从甘肃引入的。"

同学们都已经圆满地完成了各自的调查任务和汇报工作。最后，我提醒大家可以对西北地区梨的分布特征和传播路线进行一个简单的总结。经过讨论，我们得出了这样一个认识：总体而言，历史时期陕、甘两省的梨分布最广，其次为新疆，最后是青海与宁夏，青海、宁夏的梨主要是从甘肃、新疆以及陕西传的。具体来说，西北地区的梨的栽培情况可以概括为下面四点：

梨园之冬（张铁柱摄）

第一，西北地区梨树栽培的历史十分悠久，而且持续发展至今。
3000年前即有了文字的记载。此外，西北地区梨的品种也较多样，且
多是地方优良品种。从上述文献中可见，长柄梨、香水梨、红消梨、
金瓶梨、冬果梨、酥蜜梨等品种分布最广。

第二，历史时期西北地区的梨主要分布在河流沿岸或绿洲地带，且与
适宜农耕的地理带重合。这由梨的生理生态特征决定。梨树所需求的诸条
件中，水分是极重要的条件之一。西北地区的平均年降雨量在400毫米以

下，因而大部分梨园都需要灌溉。从文献情况看，西北地区梨树的分布大都在河流沿岸或绿洲地带，都是便于灌溉的区域。此外，河流沿岸或绿洲地带的土壤的有机质、肥力及物理性等条件也较好。当然，也不限于此，例如凉州地区的梨就主要生长在沙碛地带。

第三，历史时期西北地区的梨主要分布在丝绸之路沿线。西北地区，特别是陕西、甘肃、新疆三省区梨的主要分布区正好就在"丝绸之路"的沿线上。梨的传播、销售都与"丝绸之路"有着密切关系。史书对西域国家的介绍中包含了其国和其地的物产等，例如《宋史》卷四百九十《外国六·拂菻国》记载了宋代的拂菻国，也就是拜占庭帝国或东罗马帝国盛产梨。《明史》卷三百三十二《西域·哈里传》记载撒马尔罕地区土地肥沃，也盛产梨。拂菻国的首都君士坦丁堡和撒马尔罕是丝绸之路沿线重要的城市。梨是丝绸之路上重要的商品，也是农业文化交流的重要媒介。据《中国伊朗编》记载，印度原来并没有桃树和梨树，大概在公元前1世纪到公元1世纪，地处甘肃河西的部族因战败，派人质到印度，同时将桃、梨等种子带到了印度。[19]

第四，西北地区梨的传播路线则表现为以自东向西为主，同时由中心向周围传播的趋势。甘肃在西北地区梨的传播过程中起着重要作用，青海、宁夏的梨主要是从陕西、甘肃和新疆传入的。

到此为止，第二次讨论会就圆满结束了。经过大家的共同努力，我们积累了丰富的文献资料，对西北地区梨的栽培史和梨的分布及传播情况，尤其是甘肃在西北地区梨树栽培史上所处的地位都有了大概的认识。那么，作为甘肃梨产区的代表，什川又会是什么样子呢？接下来，就可以进行实地调查了。

注释

[1]　1亩约等于666.67平方米。

[2]　[隋]虞世南撰：《北堂书钞》卷一二四引，天津：天津古籍出版社，1988年。

[3]　[唐]李泰著，贺次君辑校：《括地志辑校》卷一《长安县》，北京：中华书局，1980年。

[4]　[唐]徐坚等著：《初学记》，北京：中华书局，1982年。

[5]　[晋]葛洪撰，周天游校注：《西京杂记》，西安：三秦出版社，2005年。

[6]　[唐]张读撰：《宣室志》，北京：中华书局，1985年。

[7]　[元]王祯著，王毓瑚校：《王祯农书》，北京：农业出版社，1981年。

[8]　[十六国]段龟龙纂：《凉州记》，北京：中华书局，1985年。

[9]　《中国地方志集成 甘肃府县志辑》（全49册），南京：凤凰出版社，2009年。

[10]　[清]冯一鹏撰：《塞外杂识》，北京：中华书局，1985年。

[11]　《中国地方志集成 甘肃府县志辑》（全49册），南京：凤凰出版社，2009年。

[12]　[唐]玄奘撰，章巽校点：《大唐西域记》卷一，上海：上海人民出版社，1977年。

[13]　叶静渊主编：《中国农学遗产选集》甲类第十六种《落叶果树》上编《梨》，北京：中国农业出版社，2002年。

[14]　[民国]吴绍林：《新疆概观》，仁声印书局，1933年。

[15]　[16][17]《中国地方志集成 青海府县志辑》（全5册），南京：凤凰出版社，2005年。

[18]　陕西省果树研究所编著：《西北的梨》，西安：陕西科学技术出版社，1980年。

[19]　[美]劳费尔著，林筠因译：《中国伊朗编》，北京：商务印书馆，1964年。

诚信 服务 明日 消费

🍐 初识什川

02

入得园林方知春色如许。一下车就被眼前扑面而来的梨园的勃勃生机震撼了，正值花期，高大粗壮的古树虬枝上，嫩绿的叶子夹杂着梨花层层叠叠铺天盖地，在群山掩映下，梨园就像黄河臂弯里的"世外桃源"……

实地调查前，每个人都很兴奋，大家纷纷在网上查了什川的相关资料。做足准备后，我们就开赴什川了。

为寻觅古梨园芳踪，我们选择在四月中旬梨花开放的季节前往什川。四月的关中芳菲几尽，火车出了关中平原，沿渭河向西北而行，便进入陇中黄土高原。什川是属于皋兰县的一个小镇，距离兰州20公里左右，所以我们先到兰州。我在大学毕业后，一直没有机会再回兰州，这次也算是阔别10多年再见兰州了，因此心里既激动又紧张。火车越往西走，满目绿色渐渐变成远处山梁上浅浅的绿意，心中莫名感到惆怅，火车越接近终点，这种惆怅越强烈。兰州市区的变化非常大，与当年简直是两种景象，现代化的高楼林立，很多地方是只知其名却完全认不出来了。然而，市区周边的山梁却依然是当年的模样。

来不及在市区停留，我们即刻从火车站打车到雁滩大桥桥北，坐班车出发前往什川。雁滩大桥是兰州市区黄河段上一座繁忙的大桥，黄河南岸是繁华的市区，黄河北岸紧挨着的则是厚重高大的黄土堆积的连绵不绝的大山。由于当时兰州北绕城东段从城关沙场堡到什川的盐什高速公路正在修建，加上路上的车和行人络绎不绝，我们的班车只能从雁滩大桥出发，沿一条窄小而颠簸的山腰间的旧路缓慢行进，路的一侧紧挨着高大的黄土山坡，另一侧不远处往下看便是湍流不息的黄河。与我们同行的有几位像是去什川看梨花的大叔大妈，尽管颠簸，其雅兴却丝毫没有被影响，一路上笑语不断。对我来说，路上的颠簸倒不算什么，让人眉头紧锁的是，紧贴路两侧的大山何以如此光秃裸露而没有任何绿意呢？刚才还叽叽喳喳兴奋不已的同学们，这时候也都默默不语。车越往前走，心里越紧张压抑，窗外尘土飞扬，满目黄土，满目荒凉，心情也随着车子的颠簸而起伏难平，半个多小时的路程，让人感觉无比漫长。传说中那美丽的什川古梨园，是如何在这样的环境中存在的呢？

枝繁叶茂的古梨树

　　车子在蜿蜒的山间小路上拐了数道弯，便开始下一个很长的大坡，这时，车里有人指着窗外，开始大喊："快看，那是桃花，那是梨花！"顺着他们手指的方向往外看，路旁山间的人家院落周围，开满了一树树雪白的梨花，还有粉红的桃花，刚才紧张的心情稍稍得到舒缓。车到坡底便豁然开朗了，群山退去，路的尽头出现一个大大的豁口。一座宏伟的牌楼矗立在这个豁口的路边，上面赫然写着"世界第一古梨园"几个大字，便是什川古梨园的入口，牌楼后面，是蜿蜒的黄河，黄河的对岸就是一眼望不到边的梨花的海洋了。车子在入口处并没有停，也没有从正前方的吊桥上过黄河，而是继续沿着黄河岸边前行，从一个大坝前一座更宽阔的桥上过了黄河。

入得园林方知春色如许。一下车就被眼前扑面而来的梨园的勃勃生机震撼了，正值花期，高大粗壮的古树虬枝上，嫩绿的叶子夹杂着梨花层层叠叠铺天盖地，在群山掩映下，梨园就像黄河臂弯里的"世外桃源"。阵阵花香袭来，之前所有的惆怅疑虑暂时被抛向脑后，我和同学们都迫不及待地扑向梨园深处。闻着花香走向梨园，才发现这个梨园小镇真的名不虚传。与我想象的村落是村落、梨园是梨园的形式不同，这里的民居与梨树交错杂处，一片梨园之中散落着几户院落，几户人家的房前屋后又散落着几株苍劲的老梨树。从桥头下车往梨园深处走，是一条水泥铺成的两车道的乡路，路两边都是间距相当、纵横排列得十分整齐的古梨树群。由于几乎每棵梨树接近地面的部分都比上面的主干明显粗很多，而且每棵树上都竖着一根比梨树高出许多的长长的杆子，远远看去，就像一排排历经岁月的雨雪风霜却依然腰杆挺直的扛枪老兵的雕塑。而且，每棵梨树上都挂着一个牌子，写着"古树名木保护牌"，并有相应的编号。梨树下面的土地被整理得平整细碎，有些种着油菜、葱、大豆等植物，而且每隔数排就会有一道水渠。此时，正是梨花开放的季节，什川已是游人如织，梨树下到处是摆着各种姿势拍照的人们。当地老百姓在路两边圈占梨园土地，建起一家挨着一家的农家乐。远远看去，人们在农家乐院子里吃饭喝茶，休闲娱乐，欢声笑语，热闹非凡。

再往里走是一个三岔路口，我们随机选了一条路，竟然来到了什川镇政府门口。来之前我们查过相关资料，知道什川镇有一个"古梨园保护中心"，于是我们找到古梨园保护中心办公室，表明来意。接待我们

古梨园里的茶摊、游人（什川古梨园保护中心提供）

的是保护中心的杨主任，他非常热情地给我们讲了古梨园的历史、发展现状、古梨园保护中心的来历、工作性质与内容和遇到的问题。他说："什川镇辖上车、长坡、南庄、北庄、上泥湾、下泥湾、河口、打磨沟、接官亭9个行政村，镇政府所在地为上车村。什川总面积405平方公里，地理位置十分优越，黄河从中流经35公里，黄河两岸淤积10米左右厚的土层，土地肥沃，气候湿润，日照充足，昼夜温差大，非常适合各

古梨园美景

类果树尤其是古梨树的生长。什川自明嘉靖年间开始栽植梨树，树龄大多在300年以上，现存百年以上的古梨树9210株，面积3939亩。虽然这些古梨树树龄很长，但是依然枝繁叶茂，硕果累累，在当地农民的经济收入中仍然占有一席之地。为了加强对古梨树的保护，我们从2013年起成立了古梨园保护中心，我们的主要任务就是保护这些古梨树，到目前为止，已经对9210株百年以上古梨树进行了建档挂牌保护。这两年政府还拿出专款保护梨树，同时派技术人员对农户进行指导。对于梨树保护得好的农户，政府会按每棵树每年100元的奖励标准奖励该农户，同时，对于保护不力的农户，还要进行罚款。"最后，他还给我们提供了地方文献《什川史话》一书。

从镇政府出来，已是正午时分，早饭是早上在兰州火车站前吃的牛肉面，现在早已消化殆尽，大家也都饥肠辘辘了。重新走回三岔路口，沿另一条路向前走，路两边依然是一家挨着一家的农家乐，正是午饭时间，每家门口都有人热情地招呼着来往的游客。我们随便选择了一家进入院中。院子里盖着几间虽然简易但装饰得十分华丽的房子，当是厨房。院子里的老梨树下摆着一排排塑料桌凳，每张桌子中间都撑着一把大遮阳伞，客人还不少，几十张桌子已经坐了一多半。人们在遮阳伞下围坐在桌子旁边吃饭、喝茶、聊天、打牌。我们一人点了一碗面，分别是浆水面、荞面和牛肉面，外加凉拌野菜一盘，时蔬小炒一盘。我们一边吃饭一边打量着院子。这是个中型大小的农家乐，但是规模也不算小，大约有3亩，梨树20来棵，从梨树的粗细程度来看，应属于几十年甚至上百年的老梨树。梨树下面的地被来往的人们踩得很瓷实，梨树树干老树皮龟裂发黄，枝叶有些稀疏，梨花也不如院外的梨树上开得繁盛。我们问老板什川有多少家农家乐，他说高级的接待园有五六十家，像他这样普通的也有一百五六十家吧。这时，我们一个队员拿出手机打开计算器算了一阵子说，如果这些农家乐都建在梨园里，假设高级接待园占地20亩，普通农家乐占地4亩，光农家乐就占了将近2000亩梨园的地啊！匆匆吃完饭，简单计划了下午的调查任务，我们起身继续我们的调查。

沿主路再往前走，路两边的民居越来越集中，路边的一块大石头上写着"长坡村"。沿路的农家小院看起来规模都不大，大门也远没有关中地区的院门那么阔气。什川是西北地区黄河边难得的肥沃滩地，也是四方辐辏之地，人多地窄，人均面积小，可见一斑。路边时不时有扛着锄头、背着藤条编筐或拉着平板车经过的人，也有侍弄着自家门前的小块地和梨树的老大爷。经过什川镇中学，就来到一段繁华的街道，看来是什川镇的中心街区，各种商店鳞次栉比。我们急于寻找古梨园，便继续匆匆往前走去。来到什川什字街的路口，往东看，小巷深深，不像是梨园的样子，于是往西走去。没走几步就看见街边矗立着一棵年代久远的古槐树，古槐树的脚下是水泥路，背靠着民房，并不宽阔的街道被古槐树的根部占去了近三分之一。这棵古槐树立即引起了我们的注意。

走近一看，古槐树上挂着一个牌子，写着"什川古槐，兰州市人民政府保护的古树名木。序号：013号"。树前还有一块牌子上写着："《槐树记》载：此槐系自登公之妻敬太君［生于农历嘉靖五年（1526

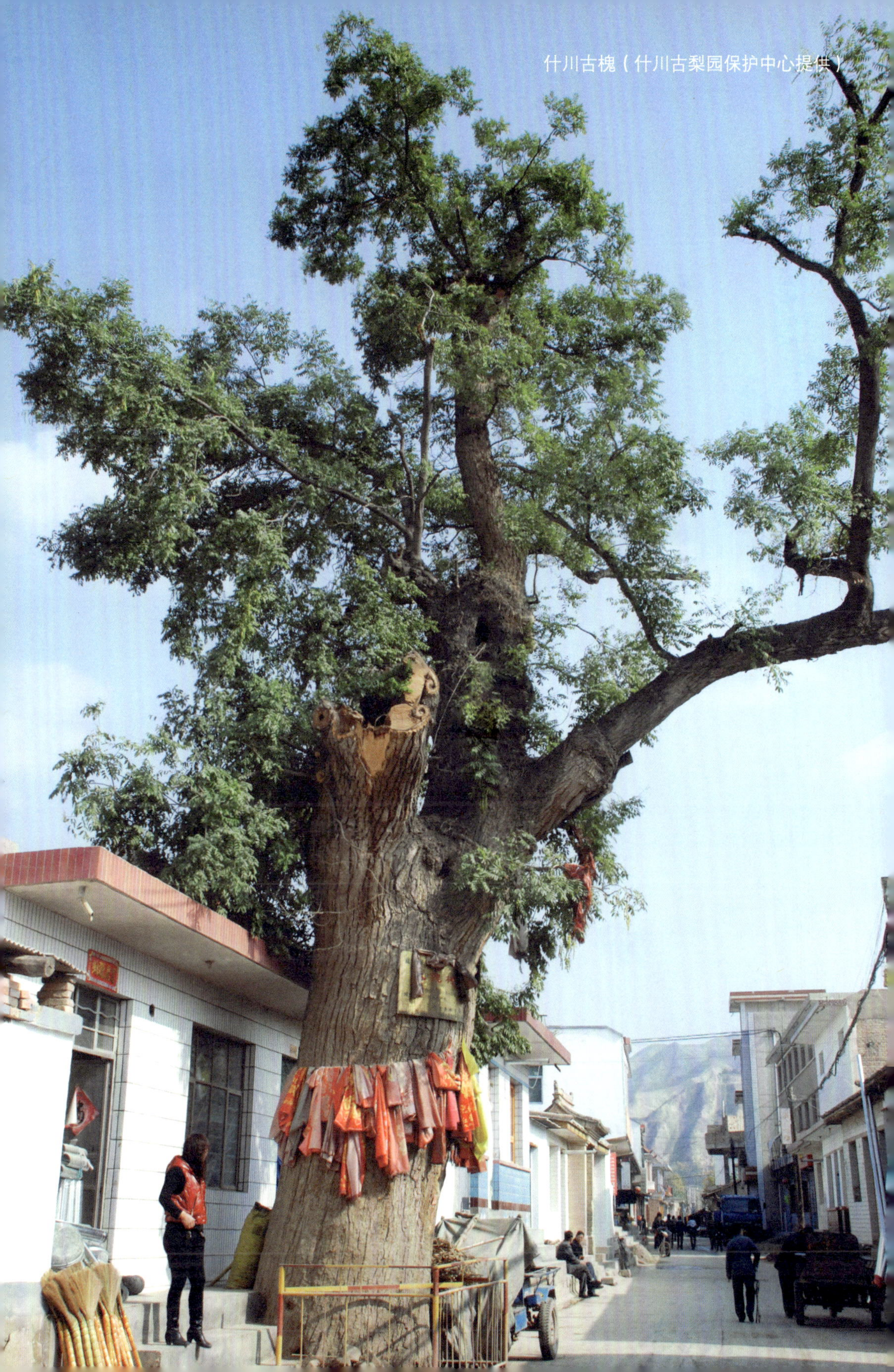

什川古槐（什川古梨园保护中心提供）

年）十月十八日，卒于万历十四年 （1586年）十月初八日］从娘家敬
家坪（今榆中北部）将树苗入筐带回什川，植于门前，念魏氏发源地山
西钜鹿郡高桥庄大槐树固传有槐，取先人栽树、后人乘凉之意，寄思乡
念情之怀。后二房季宗祠建于其下，寓意有取于槐，受荫于槐树也。此
槐至今业已生存了约470年。"原来此古槐已经有这么悠久的历史，难
怪三四人也难以环抱，而且这棵古槐树与在此地居住的魏氏家族有极深
的渊源。这让我想起来，来之前调查资料说金城魏氏的祠堂就坐落在什
川，一路过来我们随机采访过的大爷大妈大部分都姓魏。那么，金城魏
氏与古梨园又有着怎么样的关系呢？

　　再往前走，逐渐离开主街道，几家农家乐园子和一个村落过后，就
出了镇子。然而，眼前却不是成片的古梨树，而是一片看起来十分高档
豪华的别墅群。别墅群看起来面积并不小，大小数十座的样子，土黄色
的墙面，与黄河、黄土高原十分协调，院子里的花草树木也设计得很有
田园美感，不过，看起来刚刚建好，还没有人入住。什川建有别墅群，
说明这里的旅游业还是十分发达的，至少能被房地产开发商看中，一定
是有社会需求的。然而，这些豪华别墅就在古梨园的旁边，什川本来就
地狭人稠，无论如何都让人觉得突兀。

　　告别别墅区，终于看见不远处成片的古梨园和环绕梨园的黄河。
原来，我们绕了一圈来到了黄河的另一处岸边，黄河边的滨河路是新修
的，像是一条专门的观光路线。不过，相比观光路线，更让我们兴奋不
已的是路旁的古梨园。又看到早上进什川时那样成排的老梨树，大家都
顿感振奋。刚走进梨园，就看见一位大妈在几棵梨树底下用铁锹和扫帚
铲土搂草，这是我们今天看到的第一位真正在梨园里干着与梨树有关的
农活的人。我们惊喜地朝大妈走去，大妈搂草很专心，我们走过去时，
她并没有注意到我们。直到我们一位队员喊了一声："大妈，您好！"

大妈这才停下手中的农活，回过头来，应了一声。原来大妈随身带着一个小收音机，正一边听秦腔，一边干活呢。

我们说明来意，大妈很热情地跟我们打招呼，并认真细致地回答我们所有的问题。大妈的这片梨园大概两亩共14棵梨树，一半是冬果梨，一半是软儿梨。大妈说，这些树是她的爷爷留下的树，树龄都在百年以上，现在每棵树每年还能产梨一两千斤[1]。花期将过，她提前到梨园将干枯的树枝、落叶、冬天刮下来的干树皮、掉落的僵果、吊枝绳等垃圾清理干净，同时，修整好水渠，把梨树周围的树坑铲得再深、再大一些，以便花期一结束马上能春灌。大妈把干树枝和干树皮拢成一堆，用火点燃，树下已经有四五堆正在冒烟的小土堆了。大妈说，冬天刮落的树皮里有不少虫卵，现在把它们连同树底下的覆土一起焚烧一下，不等这些虫卵复苏就把它们杀死了。"用火就能烧死虫卵？以后不打农药了

梨园劳作

古梨园美景

吗？"一个队员问道。大妈说："基本不用。咱们古梨园的古梨树都好几百年了，那时候哪有什么农药啊。我们防虫的办法很多的，除了冬天刮树皮，还会在树根下面堆沙子，防止虫子爬到树上。春天的时候，还往树上喷洒石硫合剂，也能防虫呢。"大妈说着，继续铲了几铁锹树皮和干土，又拢了一个小土堆。

紧挨着大妈家梨园的梨园没有经过整理，对比会发现，那座梨园的梨树下落了一层枯树枝，虽然梨树树龄都差不多，但是梨树的叶子更稀疏，而且发黄，缺乏生机。大妈说，那边的梨树无人看管，真是可惜了。我们问，不是有规定如果不看管好梨树，会被罚款的吗？大妈说："这些年，务梨树没什么效益，村里大部分人都外出打工去了。但是，无论是奖励还是罚款，还是得看农民自己愿不愿意务。"我们问大妈，为什么还坚持"务梨树"呢？她说："孩子们都大了，都在外面，我们老两口也不愿意跟着他们，也是放心不下这些老梨树啊，毕竟是老辈传下来的，不能让树毁在咱们手上。"与大妈交谈了许久，天色渐渐暗下来，她热情地问，"你们晚上住在哪里？如果没有安排住处，今晚就住大妈家吧。"正好我们也很想参观大妈家的院落和房子，也想进一步了解更多梨树栽培的知识和梨园文化，于是，我们在说服大妈一定要收下我们的住宿费后才跟着大妈回了家。

在什川的第一天调查结束了，我们对梨园也有了直观的认识。同时，来什川前所有的美好图景也渐渐褪去想象的色彩而更接近现实。古梨园为何能在重重黄土高山的包围下存在600年之久？勤劳朴实的什川人是如何栽培和守护古梨树的？有什么独特的奥秘？金城魏氏与古梨园又有着怎么样的渊源？农家乐、旅游业能带动古梨园的发展吗？无人看管的老梨树该何去何从？古梨园还有哪些特有的文化传统？古梨园还有很多很多故事等待我们去发掘。

注释

[1]　1斤等于500克。

一方水土一方人：什川
古梨园的梨树栽培历史

'03

什川是闻名遐迩的梨乡和瓜果之乡，果树种植历史悠久，从明清时期开始，什川的果业就已得
到发展……

　　初识什川，让我们对古梨园有了直观的认识，同时也产生了更多的疑问，激发着我们继续深入了解。为什么群山深处的什川会有这样一片古梨园呢？

　　从地理位置上看，什川古梨园地处黄河上游陇中黄土高原的一个秀美河谷盆地，黄土高原横跨中国北方7个省区的大部或部分地区，而陇中兰州地区的黄土厚度则是其中之最。黄土地因其超群的肥力而成为先民繁衍生息的首选之地，而黄河在兰州地区穿行而过，使这里具有得天独厚的地理条件，成为中华农业文明的一个重要发祥地。黄河出兰州东，北行20公里，穿越厚重的黄土堆积而成的山脉，顺流而下，就来到一片开阔的河谷地，这便是什川。由于黄河自东而来，再折而向北继而东北流去，形成一个天然臂弯，将什川揽于怀抱，而四周崇山峻岭恰好成为天然屏障，使什川成为一个由黄河冲积而成的肥沃盆地。

什川航拍图（什川古梨园保护中心提供）

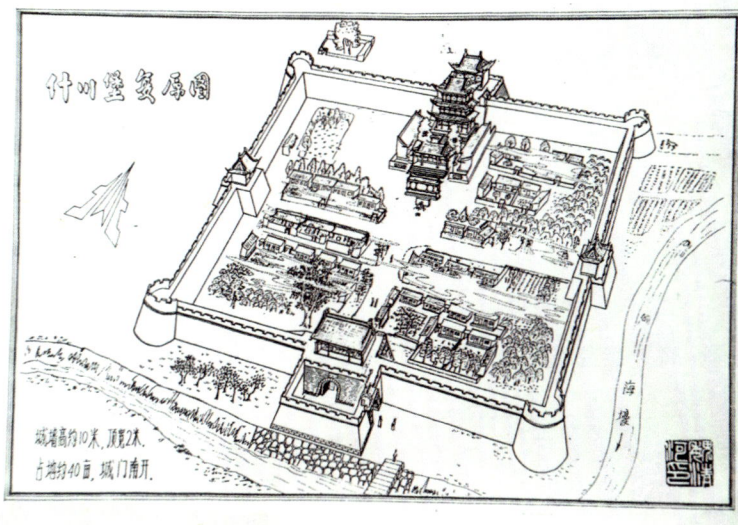

什川古堡复原图（什川古梨园保护中心提供）

据《皋兰县志》《皇明经世文编》《大明会典》《读史方舆纪要》《天下郡国利病书》等史书记载，什川，在古代为边防要地，秦汉时期曾在这里修筑过长城烽燧；宋代筑什字川堡；明弘治八年（1495年）重修城堡，后名什川，沿用至今。明代以前，什川的人口以驻军为主，明代以后居民逐渐增多。到清代康乾时期，中原很多家族移民至此，什川人口骤增。

古梨园保护中心杨主任赠送的《什川史话》一书，是2011年出版的由当地政府组织编修的地方文献，该书由当地文化学者集体撰写，包括民间记忆、历史资料等，是了解什川的重要文献。书中对什川果树种植历史的记载比较详细，人口的增多，城堡周围、长城内外都被开垦为耕地，而黄河两岸由于尚未建堤立坝，一旦河水泛滥，桑田沧海。因此，什川人进行了数代艰苦卓绝的斗争，最终选择栽植果树，尤其是梨树

（当地人叫"务高田"）来防范洪涝灾害，来避免黄河汛期赶上收获季节，而导致田园被毁，颗粒无收。梨树喜温，生育期需要较高的温度，休眠期则需一定的低温，而什川的气温恰恰符合梨树生长的温度。此外，梨树对土壤的适应性较强，该地土质疏松，地下水资源丰富，因此梨树在生长的过程中，其根系较为发达。同时，匍匐的根系有利于保持水土，茂密的枝叶有利于防风固沙。魏大妈说，什川与梨园就像一对好朋友，二者之间互相扶持，各取所需；什川的水、什川的土养育了这片梨园，而这片梨园也同样守护着什川。

除上述因素外，相对而言传统时期（古梨园的形成时期）同等土地面积上果树收益大于谷物生产，很可能也是什川乃至西北地区世代经营梨树的一个原因。果树种植业作为一个独立的农业生产部门，早在秦汉时期就与谷物种植业进行了分工。司马迁云："安邑千树枣，燕秦千树栗，蜀汉江陵千树橘……与千户侯等。"贾思勰在《齐民要术》中对种植果树的看法是："一年之计，莫如树谷；十年之计，莫如树木。"这些都说明同等的土地面积上，种植果树的收获远大于种植谷物。因而，如果谷物种植不是必需，或者，当谷物生产涉及的农业税过于沉重时，人们出于趋利考虑，往往会选择种植果树，而非谷物。同时，从西北地区古梨园分布较多且占地面积又大的情况来看，西北地区历史上的确多有果树的规模化经营。此外，从什川古梨园的"高田"种植技术和生产过程来看，梨树种植过程中的劳动强度和生产工具的复杂程度要低于谷物生产，这也符合西北地区"人稀"，即劳动力少的特点。无论是儿童、妇女，还是老人，只要敢于攀爬云梯，就能完成"务高田"生产的主要环节。因而，西北地区种植果树也是劳动力相对稀少的结果。

什川是闻名遐迩的梨乡和瓜果之乡，果树种植历史悠久，从明清时期开始，什川的果业就已得到发展。这是因为什川群山环抱，黄河穿流而过，两岸1万多亩滩地上淤积了10米左右深的土层，宜于种植许多种农作物和树木。但是，由于历史上水利设施很少，耕地难以浇上黄河水，只能靠天吃饭。而房前屋后栽植的梨树、核桃、枣树、葡萄、桃、沙果、绵苹果、杏、李等果树及榆、槐、杨、柳、椿、桑等用材树，虽然没有成林，但依靠雨水和地下水，反而长势很好。据当地传说，明嘉靖年间，兰州段家滩人段续发明了一种水车，可以汲取黄河水来灌溉田园。什川人也开始仿建水车，极大地促进了什川水利的发展。由于什川气候温和，无霜期长，土质肥沃，人们经过综合考虑，选择种植寿命长、经济效益高的梨树，从此什川梨园初具规模。

据《什川史话》记载，到清朝末年，什川梨园的面积已达2000多亩。据当地百姓描述，什川农民分为粮农和果农两种身份，有些农民两种身份兼而有之，总体上以果农为主。直到今天，果树生产仍是当地的支柱产业。长期以来，"有的果农将收下的梨卖钱，有的果农将梨贮藏，冬闲时用驴、骡等牲畜驮运到百里外的产粮区，以梨换粮，换植物油，运回来做口粮。梨的收成关系着千家万户的生活"。民国时期，黄河岸边的水车数量增多至12辆（东岸8辆，西岸4辆），梨园面积也扩大到了3000亩。同时，果农对果园的管理也更加精细，刮树皮、树干涂泥、堆沙防虫等方法已经普遍运用于病虫害防治。此外，改进后的云梯技术也得到普及。[1]20世纪40年代，当地乡绅魏至太和果农魏至忠从兰州雁滩园艺场引进苹果接穗技术，在绵苹果和沙果树上嫁接了国光、红香蕉、菊形、青香蕉、红玉、旭、倭锦等品种，被农民称为"洋苹果"，并开始向什川推广，从此，什川果园除了梨树，苹果树也渐成规模。中华人民共和国成立后，什川果业发展迎来了新局面。不仅苹果品种继续增加，还成立了农业合作社、园艺试验场，什川果农开始接受现代园艺科学的技术培训。什川水利事业发展较快，耕地面积扩大的同时，苹果园

古树虬枝

大片出现，打破了原来以梨园为主的格局。[1]

据记载，清朝一位知县曾赞誉什川道：

一席地兮一带川，树木花光四季妍。桃杏雨，杨柳烟；朝暮人争峡口船。驼石古，水车圆；石门晓月几千年。楼台真如画，魁阁耸山巅；景中景，天外天；谁言此地无神仙？桃源犹不远，仿佛在眼前。

这是清朝哪位知县的文字，已难以查明，不过，的确比较全面地概括了依山傍水的什川胜迹。清康熙《兰州志》将什川"梨苑花光"列为兰州十景之一，此后又有"皋兰十景"之称，如今，什川还有"塞上江南"之誉。此外，该地以古梨树著称的古梨园，被日本植物学家赞叹为植物界奇迹、全球罕见的活体植物标本、难得的梨园博物馆，2013年被正式录入《吉尼斯世界纪录大全》，被誉为"世界第一古梨园"等称号，同年还被评为第一批中国重要农业文化遗产地。

古梨园主产两种梨，软儿梨和冬果梨。在兰州地区也流行着这样一首有关软儿梨的诗：

冰天雪地软儿梨，
瓜果城中第一奇。
满树红颜人不取，
清香偏待化成泥。

"瓜果城"是兰州的别称,当地人认为这是于右任先生的诗作。究竟是不是右任先生的诗,我们很难定论。不过,先生于1941年游历河西,见武威软儿梨酥软爽净,确实写过一首题为《河西道中》的诗,诗云:

山川不老英雄逝,

环绕祁连古战场。

莫道葡萄最甘美,

冰天雪地软儿香。

软儿梨,学名香水梨。《群芳谱》中记载:"香水梨,出西北,最为上品。"什川作为软儿梨之乡,老百姓对软儿梨再熟悉不过,魏大妈就说:"软儿梨,硬的时候不能吃,必须等到冬天冰冻再解冻后,化心了,变软了,才能吃,所以叫软儿嘛。"什川当地也不乏水果专家,比如出生于什川,曾任白银市科协主席的魏公河就是著名的果树专家,他对果树的研究更为系统。在他和魏列杰先生合著的《兰州皋兰县什川古梨园保护之我见》一文中,对软儿梨和冬果梨有过很专业的论述:

香水梨和冬果梨的适应性较强,耐旱、抗寒、耐瘠薄。在海拔1280多米的宁夏中卫市南长滩村、海拔1500米左右的兰州市郊县和海拔2200米左右的青海贵德县均有分布,树形特征和栽培管理技术基本相同。现存规模较大的古梨树(群)主要分布在黄河流域的兰州市皋兰县什川镇、白银市靖远县兴隆乡大庙等河谷地带,以及青海省海南藏族自治州贵德县(尕让乡、阿什贡乡、河西镇等地)、海东市民和县中川乡黄河

美丽的大脚梨园

沿岸等地、黄河支流湟水河沿岸的乐都区高店镇等地，宁夏中卫市沙坡头区南长滩村等黄河谷地。

　　冬果梨属白梨系统，萌芽率强，成枝力较弱，树势强健，寿命长，结果早，一般嫁接后4至5年结果。晚熟梨，当地在10月上中旬成熟。有大冬果梨和小冬果梨之分，大冬果梨果实为倒卵圆形，果个较大，平均单果重277.5克，最重500克以上。皮色黄绿，完熟后呈金黄色，皮薄肉细，果柄长，萼片宿存或脱落，果实质嫩多汁，不需后熟即可食用，果实耐贮藏，含糖量9%，品质优。小冬果梨，由大冬果梨芽变而来，果实为倒卵形和椭圆形，或近圆形，比大冬果梨小，平均单果重157.5克，石细胞较大冬果梨少，质细味甜，品质优于大冬果梨。现存的小冬果梨树很少，不具规模。

冬果梨自花结实率低，栽植冬果梨时，为了提高坐果率，必须配置适宜的授粉品种，如白梨系的酥木梨、长把梨、早酥梨等品种。

香水梨，又称软儿梨，属秋子梨系统，萌芽力和成枝力都较高，树势强健茂盛，树冠大，寿命长。果实近球形或扁圆形，萼片宿存，果柄较短，果个比冬果梨小，平均果重在125克左右，皮色黄中带绿，石细胞多，经后熟后果实变软，风味也随之变佳，若藏至冬季，食用时需置于温暖处化开，待表层蜕出一层薄冰壳后，梨肉变软化成一包香水时食用更佳。香水梨属于晚熟梨，当地在九月下旬成熟。[2]

可见，软儿梨和冬果梨的身影遍及陇原大地。兰州老百姓有在冬天吃冻梨的习惯，而软儿梨显然属于冻梨的一种。据现居兰州的什川人，也是"老魏的新视界"平台的负责人魏著新先生介绍说："冻梨就是将适合冷冻的梨果，经过后熟、发酵、冻藏后食用梨的称谓。我国北方一直就有食用冻梨的习俗，至今已有1000多年的历史，辽代的契丹人就有食冻梨的习惯。据庞元英《文昌杂录》记载，契丹人将已冻硬的梨'取冷水浸，良久，冰皆外结，已而敲去，梨已融释'。相传南宋时期，兰州就有冻食软儿梨的习惯，过去兰州人特别是农村人几乎家家户户都要在秋天将一些软儿梨贮藏在冷凉房间或室外，到了寒冬腊月冻成冻梨，围着火炉喝梨汁，其味酸甜醇香，冰凉爽快，沁人心脾，别有风味。"原来如此，难怪要说"冰天雪地软儿香""清香偏待化成泥"呢。

注释

[1] 魏孔毅，魏荣邦主编：《什川史话》，兰州：甘肃文化出版社2011年，第10—13页。

[2] 魏列杰、魏公河：《兰州皋兰县什川古梨园保护之我见》，微信公众号"老魏的新视界"，2017年6月22日，https://mp.weixin.qq.com/s/DC-rbUZJbuvrKB0aewpFSA。

金城魏氏：什川古梨园的开创者 ④

听老魏讲完，我们已经走出魏园的大门，小雨如酥，薄雾漫漫，极目望去，什川古梨园更显得苍茫深邃。回头再看魏园，大殿内魏氏的三位祖先似乎真的透过塑像颔首俯视着由他们亲手开创的古梨园，如今那里人丁兴旺，正焕发着勃勃生机……

在什川街上采访时，绝大多数被采访的人都说"我姓魏"。来什川之前，通过查资料，我们也已经知道什川是金城魏氏祠堂所在地。那么，魏氏家族从何而来？与古梨园又是什么关系呢？为了弄清这些问题，我们先后两次来到什川。

在什川东南角黄河边上车村一个叫砂家坪的地方，坐落着一处宏伟的建筑群，这就是魏园，也就是金城魏氏祠堂。由于魏园地势较高，站在魏园门前，可以俯视整个什川古梨园。2017年第二次来什川，我们有幸见到金城魏氏的杰出代表魏著新先生，魏先生是土生土长的什川人，也是资深媒体人，《兰州晚报》编辑记者，著有《住在金城》等作品，腾讯、今日头条、抖音、一点资讯、天天快报都有其个人专号"老魏的新视界"，总阅读量上千万。来什川前，为了收集相关资料，我们参考了"老魏的新视界"里的多篇文章。为了更好地了解魏氏，了解什川，我们与魏先生相约在魏园见面。

从远处看到的魏园

等待魏先生的时间，我们大致了解了一下魏园。这是一处由门楼、正殿、配殿组成的围合式仿古建筑群，正殿上有"十思堂"3个大字，是重檐歇山顶建筑，朱红色的门柱、窗棂，雕梁画栋，十分气派。由于魏园地势很高，到魏园需上一段陡坡，然后再爬几十级陡峭的台阶才能到达，因而，更显巍峨高耸、庄严肃穆。门楼上赫然写着"魏园"两个大字。大门前是一片开阔的空地，目前用于停车，据说将会建成文化广场。正值4月下旬，当日又下着小雨，微微有些寒意，站在魏园门口，极目远眺，古梨园尽收眼底，崇敬之情油然而生。

魏先生驱车而来，此前读了他的大量文字，初次见面并没有任何陌生感，魏先生说你们就叫我老魏吧。老魏大概50岁开外，人高马大，热情爽朗，十分健谈。寒暄过后，他便滔滔不绝地对我们讲起魏园和金城魏氏的历史。

他说："魏园由兰州市魏氏文化研究会于2012年发起并捐资组织修建，占地15亩，建筑面积近3000平方米，包括金城魏氏纪念馆、什川古梨园生态博物馆、黄河民俗艺术馆、国学讲堂等，是一个集姓氏文化、生态文化、国学文化为一体的文化建筑群。2017年初落成，前不久的清明节刚刚举办了一场盛大的祭祖大典。在有'世界第一古梨园'之誉的什川古镇，魏园堪称标志性建筑。站在朝西的大门口处，向远处望去，一弯清凌凌的黄河水蜿蜒流去，将梨园之乡什川三面包裹，古镇全貌一览无余。"

我们问魏园为什么会建在什川，老魏一边请我们走进魏园，一边说："我们先从魏氏的起源说起吧。据目前流传较广的魏列祥编修的《金城魏氏家谱》记载，周文王姬昌之十五子毕公高后裔之毕万一支，繁衍昌盛，遂居于海内外。其部分居于山西平阳府洪洞县高桥钜鹿村大槐树下，耕读传家。至元泰定时，有魏熙者，娶妻康氏，生子三，长

魏园大门外

龙、次贵、三庆。魏贵（1358—1452年）在明洪武初期，先因经商居于南京应天府牧牛镇，后与白图人，随金长庚翁移居甘肃，金带一子二女。他们至甘（肃）后，因见甘肃一片惨境，于是都听遵金长庚翁指令。金翁即命大女与魏、小女与白婚配，和衷共济，安家立业。于是他们便在金城（兰州）河北庙滩子定居，至洪武二十三年（1390年）卜就丰川寺儿沟为金公耕住地，兰南云雾驿大石头泉（今榆中县）为魏公耕住地，什川为白翁耕住地。但白公不悦，云游3年，魏贵从镇虏堡（今景泰县正路乡）访寻回兰，商议一定，将大石头泉顶换于白公耕住，什川顶换于魏公耕住，各乐各业，各安各家。魏贵即从洪武二十六年（1393年）开始耕住什川，入籍金县（今榆中县）。之后，魏贵又访卜了魏家台上陈家以及大燕山之上三湾中圈等处的荒山田地。魏贵生子三，长坤、次乾、三坎。"

走到正殿前，我们看到殿内有三尊镏金塑像。老魏指着中间的塑像说："金城魏姓的始祖，就是大殿内中间这位魏贵，两边分别是其子魏坤、魏乾。魏坤所生有五子，分别是红、颜、常、作、对，居于榆中魏家台，而魏乾也生有五子，与之相对应，分别是白、首、永、成、双，居于什川。后世为了区别，便以他们的居住地来命名，将魏坤一支称为'山五房'，将什川的魏乾这一支称为'川五房'。所以，这大殿取名'十思堂'。"

"红颜常做对，白首永成双。这不就是对仗工整而寓意美好的诗句吗？"听着老魏的讲述，我们一边点头称赞，一边问道。

老魏感慨地说："是啊，这也是魏氏祖宗来到什川留给后人的美好祝愿啊！当年，魏贵来到什川，其子魏乾及川五房一直居住在什川，子孙繁衍生息，因而川五房被称为金城魏氏的始祖。他们栽下古梨树，成就百花园。一兮地兮一带川，树木花光四季妍，就在这梨园深处，世外桃源，多少梨园'天把式'，多少红男绿女真情相依，成双成对，缔结百年良缘，度过漫漫人生。魏贵后裔享先辈福荫，相濡以沫，白头偕老，谱写着继往开来、幸福美满的人生华章。金城魏氏后人现在遍布全国乃至世界各地，在他们共同努力之下，还编纂了《金城魏氏家谱》，张克复先生曾为家谱作序：魏氏向为金城右族，沧桑兴替，代有传人。世传耕读，克勤克俭；萼缀枝联，克盛克昌；后嗣万众，文武并进；造

五福亭（什川古梨园保护中心提供）

福桑梓，报效国家。"

"那么，魏贵父子应该就是古梨园的开创者吧？"

"是的，可以这么说。"说着，老魏领着我们走到魏园靠近黄河的一面墙边，隔着矮墙，我们能看到墙外滔滔不息的黄河。老魏指着黄河说："黄河从青海到甘肃，再到宁夏，流经之处孕育了数不清的生命。古梨园不只什川有，青海的贵德，兰州的红固、西固、安宁、雁滩，宁夏的中卫也都有古梨树。清代的兰州八景中就有'梨苑花光'，只是随着城市化的进程，兰州的大片梨园越来越少，有的已经完全消失。什川古梨园的面积最大，还保存着百年以上的老梨树9000多棵，最古老的梨树栽植于明万历年间，距今已有440多年历史。那么是谁创造了什川古梨园？又是谁数百年来守护并耕耘着这片古老的梨园呢？当然是金城魏氏的始祖魏贵和他的子孙们了。据金城魏氏家谱记载，早在明嘉靖年间，金城魏氏始祖魏贵躬耕什川，开始大面积种植梨树。期间什川居民以魏姓为大户，也有马姓、陶姓、李姓等姓氏居住，但人口都不多。到20世纪80年代，什川居民中魏姓人口依然占据总人口一半以上，另有20余他姓人口居住。在古梨园600多年发展历史中，金城魏氏和什川其他姓氏兴修水利、建造水车、兴修'黄河第一农民大桥'……共同创造了美丽的什川古梨园。在长期的生产实践中，当地果农总结出了一套完整的古法种植技术体系。正是在原生态的'天把式'耕作技术的保障下，什川古梨园历经600多年风雨，人与树建立了一种血肉相连，相互依存，彼此扶持，人离不开树，树也离不开人的亲密关系。这种奇特的人文遗存保留至今，成为什川古梨园一道瑰丽神奇的人文奇观和文化盛景。今天，那些古老的梨树被人们称为黄河流域生态奇观和植物活化石，吉尼斯世界纪录认定什川古梨

十思堂魏贵、魏乾、魏坤塑像（魏著新摄）

金城魏氏祭祖大典（魏著新摄）

园为极其罕见的'世界第一古梨园'。"

接着，老魏指着两侧的配殿说："将来我们还要在这些配殿中设立古梨园生态博物馆，以向人们展示古梨园这一人文瑰宝和生态奇观。目前，兰州市人大已经起草什川古梨园保护法，对这片弥足珍贵的人文生态瑰宝进行保护传承。兰州魏园与古梨园生态博物馆的建设，正是在什川古梨园这片人文生态的宏大背景下建设而成，它也正绽放出人类生态文化的迷人光彩。"

听老魏讲完，我们已经走出魏园的大门，小雨如酥，薄雾漫漫，极目望去，什川古梨园更显得苍茫深邃。回头再看魏园，大殿内魏氏的三位祖先似乎真的透过塑像颔首俯视着由他们亲手开创的古梨园，如今那里人丁兴旺，正焕发着勃勃生机。

后来我们得知，从2017年开始，魏园不断修建完善，已形成一处集国学文化、姓氏文化和生态文化研究为一体的建筑群，且从2017年的清明节开始，已经连续三年在此举办了金城魏氏祭祖大典，每年，来自全国各地的金城魏氏都会团聚于此。此外，魏园还逐渐成为美好乡村记忆的展示场所和家风培育与传统美德教育的基地，园内已建成古梨园人文生态博物馆、名藩书画馆、魏氏书院、图书馆等文化场所，为繁荣家族文化、振兴地方经济、弘扬农耕文明做出了贡献。

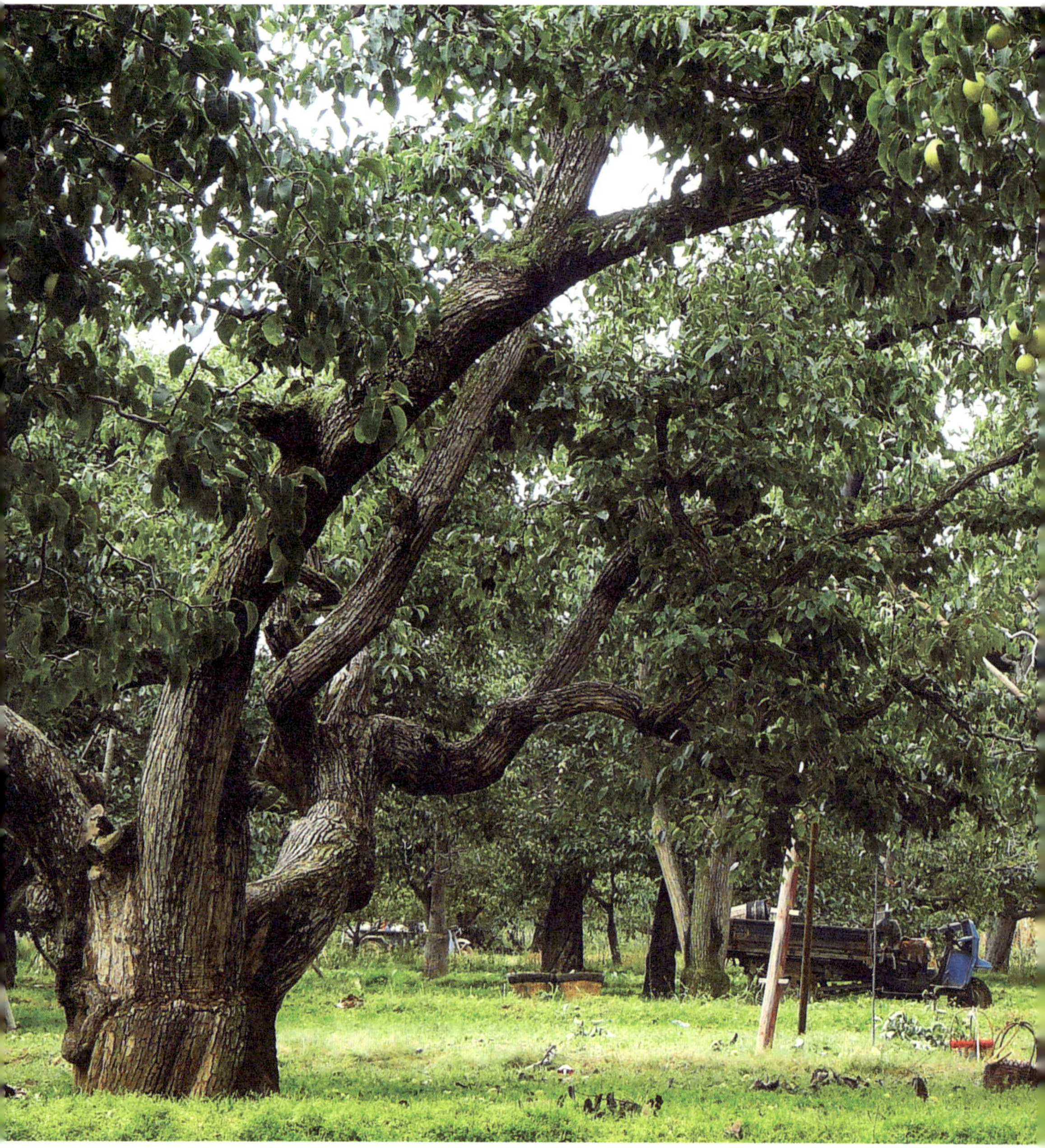

Agricultural
Heritage

天把式种"高田"

05

初到什川，我们请在梨园遇到的魏大妈给我们推荐一个"天把式"，魏大妈哈哈大笑地说："我们这儿个个都是'天把式'啊！"……

天把式（什川古梨园保护中心提供）

来什川前，我们以为果农中只有技艺最精湛者才能被称为"天把式"，毕竟在高空作业，危险性是相当高的，若非有好身手，一般人恐怕很难娴熟地在空中自如地劳作。在采访中也听说过，曾有果农在云梯上工作时，摔下来致残甚至致命的。初到什川，我们请在梨园遇到的魏大妈给我们推荐一个"天把式"，魏大妈哈哈大笑地说："我们这儿个个都是'天把式'啊！"大妈见我们还有疑惑，就解释说，"我们冬天修剪树枝、刮树皮，春天授粉、喷洒农药，夏天间果，秋天采摘果实，都要上树，都要用云梯，所以才叫'天把式'。"原来，"天把式"是一种形象说法。什川的古梨树因年岁久远而十分高大，因而，什川人把种梨树称为"种高田"，这是相对于面朝黄土背朝天式的大田作物的耕作方式而言的。果农们种高田时，要爬上10多米高的云梯进行各种操作，所以他们才被称为"天把式"。那么，什川的"天把式"们是如何种高田的呢？

在什川的采访中，果农们给我们讲了很多种植梨树的知识。那天随魏大妈回到她家后，魏大妈的丈夫正拉着一个平板车出门倒垃圾。魏大妈说："这就是我们家的'天把式'。"说完呵呵笑起来。我们问大叔也姓魏吗？大妈说："他可不是我们魏家人，他姓苏。"前期的调查我们已经了解到，苏姓也是什川的一个主要姓氏。苏大叔回来后，得知我们的来意，就给我们详细地讲起了四季中"务梨树"的程序

喷洒农药（张铁柱摄）

与过程，并展示了梨树栽培所使用的各种工具。

苏大叔先将一年四季梨树养护的工作大致向我们讲述了一番，他说："务老梨树的方法都是老祖宗留下来的，我们后人呢，都是照章办事。我们一年四季中，对梨树的管护是从冬天开始的。秋天梨果采摘之后，经过一冬天的休养，春节过后，我们首先就要修剪树枝。什川人原先是不知道要修剪树枝的，原来都认为，好不容易长的树枝，你都剪了，怎么能多结果呢？后来，在生产队的时候，政府专门派技术员来教我们这些社员修剪树枝，果然，没有修剪的梨树，就是比不上修剪过的长得好。"现代梨学中，对梨树的修剪整形是一项技术含量极高的果树管理技术，目的是为了树枝疏密有间，透风见光，进而保证结果，提高产量，同时使梨树的树势逐渐增强。

苏大叔说："实际上，老一辈人管理梨树是不会动用锯子、剪子修剪的，那时候一年靠水车车水的时间短，果树浇水没有现在多，再一个是没有使用化肥，果树不会疯长。一些树枝高、暴条新枝多的，每年摘果子时就直接撅掉了，相当于小型的修剪。另外每年都有些树枝被果子压折，这也是果树新陈代谢的一种方式。修剪整形都是后来的事了。不过，要说修剪树枝，这里面也是很有学问的。长势弱的树枝不能剪，尤其要留着它的延长枝。要剪就剪长势强的，但也不是随便乱剪呢，要保证明年还能有新的树枝长出来。最后树的形状要修剪得大枝、小枝看起来很合适，而且整体上看着还要均匀有层次才行呢。修剪后的剪口上还得涂上防腐的杀菌剂，还要涂抹油漆，不然，容易腐烂生病。"说着，大叔露出了自豪的微笑。另外，大叔告诉我们冬天还要给梨树抹涂白剂以防冻，什川人用的涂白剂的主要是水、生石灰和石硫合剂，还可以加少量盐和植物油。

"然后呢，还要刮树皮。俗话说得好，'要吃梨，刮树皮'嘛。我们这儿都是几百年的老梨树，上面的粗皮、翘皮、裂开的皮都要刮掉，因为这些皮里面藏着很多虫卵，不刮掉，第二年就会虫子泛滥。梨树的皮刮得越好，梨子长得就越嫩。"刮树皮是一项传统的梨树管护措施，直到现在仍在使用。刮树皮和修剪树枝一样，都有利于增强树势。梨树上的老翘皮对梨树的增粗有一定影响，因而及时刮掉有利于促进枝干增粗。更为关键的，老树皮里藏着大量各种越冬害虫的幼虫、虫卵、蛹等，例如小食心虫、梨星毛虫、红蜘蛛、各类蚜虫、梨椿象、螨虫、蛾虫等，还有许多病菌孢子，在果树休眠期时将它们连同老树皮一起刮掉，通过焚烧销毁，可有效减轻翌年虫害防治的压力。同时，刮树皮还能对梨树的腐烂病和轮纹病等起到一定的预防作用。大叔说："但是刮树皮可不是件容易的事，年轻的时候，都是爬到树上刮，现在年龄大了，就登上梯子去刮。用的工具我们当地名叫'箍子'，刃口是铁打的，向里卷，很锋利。"大叔向我们展示了刮树用的箍子，"过去没有农药，我们什川人防虫就靠刮树皮，天寒地冻，趁虫子、虫卵都在冬眠，赶紧刮了烧掉，防虫效果比现在打农药可是厉害多了。"

苏大叔接着说："春天梨花开放的时候，为了让梨花授粉均匀，将来结果结得多，我们还要帮助梨花授粉。花一落，叶子就长出来了，这个时候是梨树茂长的时候，要赶紧灌水，让梨树快快长。我们什川靠着黄河，给梨树灌水，以前用水车，现在有了大、小峡水电站，就方便多了。灌水在伏天还得进行一次，那时候天干，果树也最需要水。俗话说'土旺十八天，立秋十八天'，就是这个意思。到了秋天，就该给老冬果梨树攀树了。"

看到我们都迷惑不解，苏大叔进一步解释道："我们这儿最主要有两种树，一个是软儿梨，一个就是冬果梨。冬果梨的木质比较脆，但是产量高得很，到了秋天结果的时候，梨子会把树枝压得弯弯的，风一吹一摆动，就容易折断。怎么办？就要攀树。先找一根比梨树高的松树杆，在顶端拴上十多根粗绳子，然后靠树立稳，爬上梯子，把绳子绑在粗一点的树枝上，把它吊起来。你们都见过伞，就像伞一样。旁边的细枝，也可以用细绳一头拴在粗绳上吊起来。在吊枝时要找准细枝的平衡点，绑得不稀不密，不紧不松，否则树枝容易被风吹断。"

"真是神奇啊！"我们不禁感叹。这才明白为什么古梨园的老梨树上都靠着一根长长的杆子，原来就是用来吊枝的。

"那个杆子啊，我们叫攀树杆。你们可不要小看这个攀树，不攀树不吊枝的梨树，就是不如吊枝的梨树长得好呢！"原来，通过立杆吊枝，将梨树上部的重量成功转移至地面，减轻了梨树主干的负载力，也维持了树体的平衡。同时，防止梨树枝在挂满梨果后因摇摆被折断，另外，通过吊枝，树枝被均匀散开，能够保证果实充分得到日照并透气，也能防止病虫害的滋长蔓延，因而有效地提高了梨果的品质，也延长了梨树的寿命。利用攀树杆吊枝在今天也是十分科学而行之有效的方法，在什川古梨园里被普遍采用。苏大叔说，什川攀吊冬果梨树一般在农历八月初一前十天进行，攀树杆有松木和白杨两种材质，长度为10～15米，要立在树冠的中心部位。绳子一般采用猪蹄扣依次错位套在杆顶20公分[1]处，粗绳一般是麻绳，细绳则就地取材，用梨树下的马莲叶搓成。后来采访时发现，当地农民将马莲种在自家梨树下的树沟边上，每年秋天马莲韧性最好的时候将其收割、晒干、喷水，最后搓成马莲绳。麻绳和马莲绳都属于草绳，相对于铁丝或塑料绳来说不会伤害到树枝和树皮。马莲绳越湿韧性越好，吊枝之后的稳定性也好。而且，当地人发明了一种挑杆子，可以在吊枝时使所系为活扣，当果枝下垂时绳子会越拉越紧，而果农在摘果后解扣时又十分便利，不用借助剪刀等外力就可以将绳扣轻松解开。同时，草绳的特点是坚韧且环保，就地取材，即使这些绳子掉到地上，也不会污染土壤。

"到了10月，梨果熟了，就到了采摘的时候。采梨可是个体力活，全靠对云梯的熟练运用，不然，是十分危险的。等冬果梨成熟的时候，你们再来，就能看到具体的情况。冬果梨皮薄又脆，要特别小心。采摘回来的冬果梨可以直接到市场上去卖，剩下的入冬后要放到地窖里贮藏。软儿梨呢，刚摘下来又硬又涩，必须糖化发酵，等冻了，变黑了，才能吃。"

有了苏大叔的介绍，我们对古梨园一年四季的劳作过程心里有了底儿，由于花季刚过，现在果园里正值浇水施肥喷洒农药的季节，告别苏大叔和魏大妈，我们打算去看看梨园里的灌溉情况。

注释

[1]　1公分等于1厘米。

人工授粉（张铁柱摄）

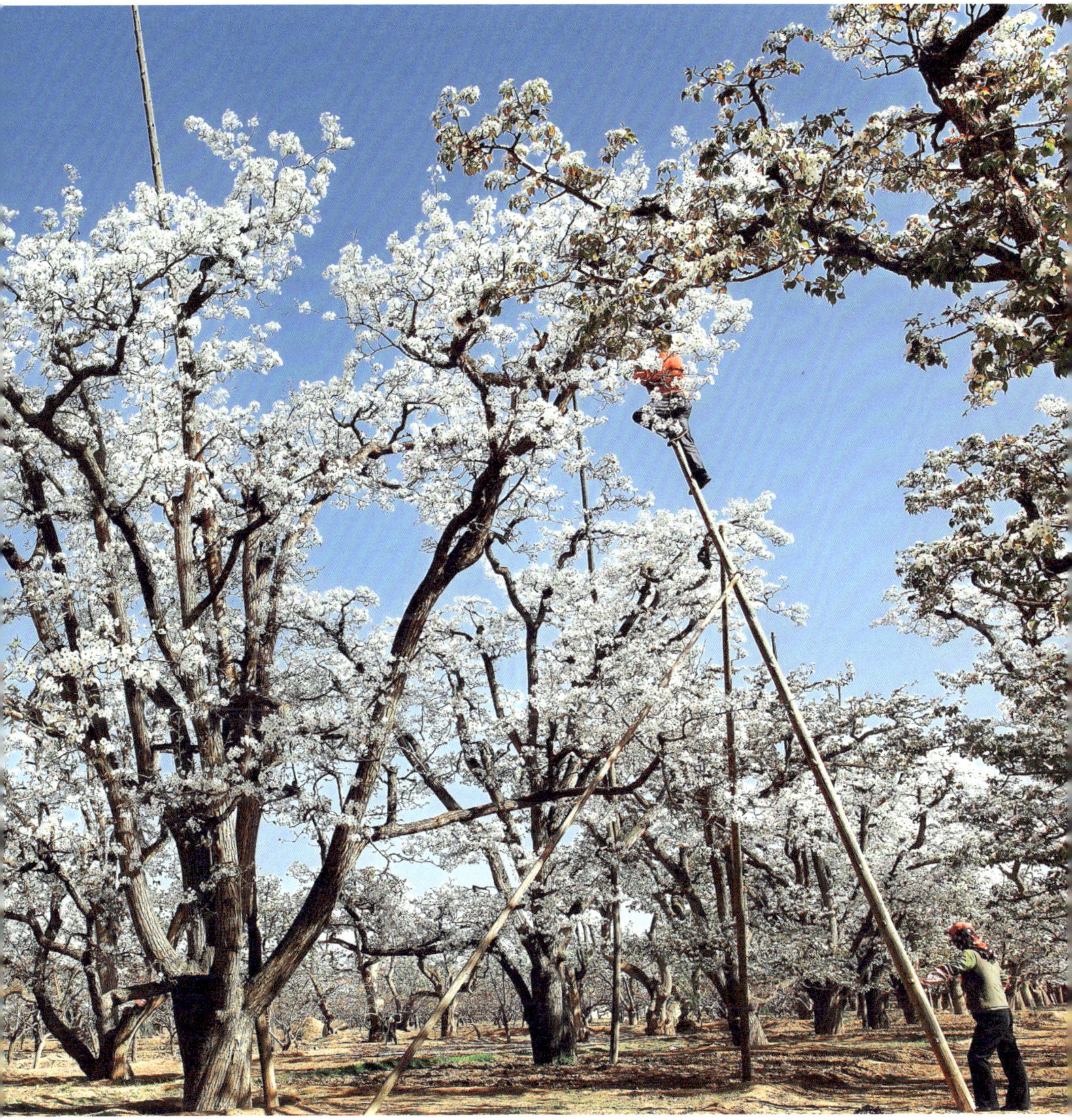

上次来什川就听苏大叔说过梨园用水问题，大叔也说大、小峡修成以后，在其间形成了水库，水位一抬高，只要闸门一开就可以自流灌溉了。然而真的是这样简单吗？还有其他的什么规定吗？其具体运作方式又如何？带着这些问题，我来到了什川水利部门抽水机工魏永湖师傅的家……

什川地处黄河岸边，引水灌溉较为便利，20世纪70年代以前，什川农民主要依靠黄河水车提水灌溉。《什川史话》中有一篇关于什川水车的记载，提到水车最早引入什川是清康熙三十年（1691年）左右，魏氏第十二代传人魏作绛精于木艺，与其居住在兰州的姻亲陶之琇探求生计，陶之琇介绍兰州水车可提黄河水灌溉旱地，使粮食增产。颇具远见的魏作绛决定两家合力将水车引进什川。陶之琇经过反复考察研究和试验，最终在陶家园子上游一带成功制作并安装了第一架水车。此后三百年，什川民众依样仿制了十多架水车，从此，梨树灌溉得到保障，什川人结束靠天吃饭的被动局面。20世纪70年代以后，电力提水灌溉代替了水车。2008年之后随着小峡水电站和大峡水电站建成，什川又进入自流灌溉模式。无论灌溉方式如何改变，什川果农对于灌水的时期都颇为讲究。什川的地下水位较高，群众认为花期前后灌水不利坐果，一般在夏至后会连灌3~5次，以保证果树充足的水分和来年产量，而在果实采摘前10多天则一般不再灌水，认为这样可以提高果品质量，增加耐贮性，并便于采收。而采果并施肥后，土地冻结前，则要饱灌大量秋水，这对于提高第二年产量有很大作用。

上次来什川就听苏大叔说过梨园用水问题，大叔也说大、小峡修成以后，在其间形成了水库，水位一抬高，只要闸门一开就可以自流灌溉了。然而真的是这样简单吗？还有其他的什么规定吗？其具体运作方式又如何？带着这些问题，我来到了什川水利部门抽水机工魏永湖师傅的家。

魏师傅给我介绍了古梨园的水利管理机构构成和用水方式以及其中存在的一些问题。原来，古梨园灌溉用水的管理机构是什川镇水利水保站，水利水保站有正、副两个主任，总管全镇水利工作，什川每条主要渠道都有一个渠长，各渠渠长管理本渠的事务。每到放水之前，渠长带领巡渠人员清理渠道中的垃圾；而放水之时，渠长和巡渠人员要沿渠道

什川水车（什川古梨园保护中心提供）

巡视，看每家放完水后塞子是否塞紧，避免用水事故发生，并且确保多余的水最终能放回黄河中，以免淹坏果园。而魏师傅这样的机工主要负责抽水和保养机器。

从魏师傅那里了解到，什川现在用水并非完全像苏大叔说的那样简单。水库建成以后，教场街、十字街周围一片的确实现了自流灌溉，但就全什川镇来说，仍有四分之三的土地需要抽水灌溉。每年从4月4日、5日开始抽水，到11月结束，一年抽6次水，每次抽水的时间有20多天，两次抽水的间隔大概是1周。而遇到有一些人家种菜的，需要早用水，则和水利上的领导商议，汇报有几家人，需要放几天水，商定好时间之后领导就通知机工和渠长，提前放几天水。

不过在用水方面也存在着无法回避的问题，最突出的一点就是水利工作人员的工资太低。根据规定，什川果农需要按果园面积缴纳水费，现在的标准是每亩130元。什川水利事业的所有开支都要从这个水费里面出，包括工作人员的工资，抽水机的电费、维修费、管理费等。而现在很多果农不愿意交水费，尤其是如果发生一点水供应不足的问题，则一年的水费都会拖欠不交。一部分用自流灌溉的果农也不愿意交水费，他们认为自己用自流灌溉还要交水费不合理。水费如果一直交不上来，

古梨园里的水渠

水利工作人员的工资过低就成了必然。据了解，魏师傅一年需要工作六七个月的时间，而每年的工资只有不到5000元。而工资过低，又会引起工作人员缺乏的问题。

"工资太低了，没人愿意干，每年都有一些人不干了，又重新招一批人，现在招人难得很，年轻人是肯定不干的，像我这样60多岁的就算年轻的。"魏师傅说道，"还有一个问题就是工资低了，好多人不好好干，领导也不好说他，害怕一说他，他就走掉了，走掉又招不上人。如果工资能够涨起来，也就不怕招不到人了。"

"那咱们什川果农也没有这个意识？"我问。

"没有这个意识嘛！我们什川的关键就在这个水利！所有的果园全要靠水，没有水，果树就全都旱死了。"魏师傅说。

工资低、工作人员紧缺或老龄化、果农拖欠水费、往渠道中扔垃圾等，都是什川古梨园用水的大问题。

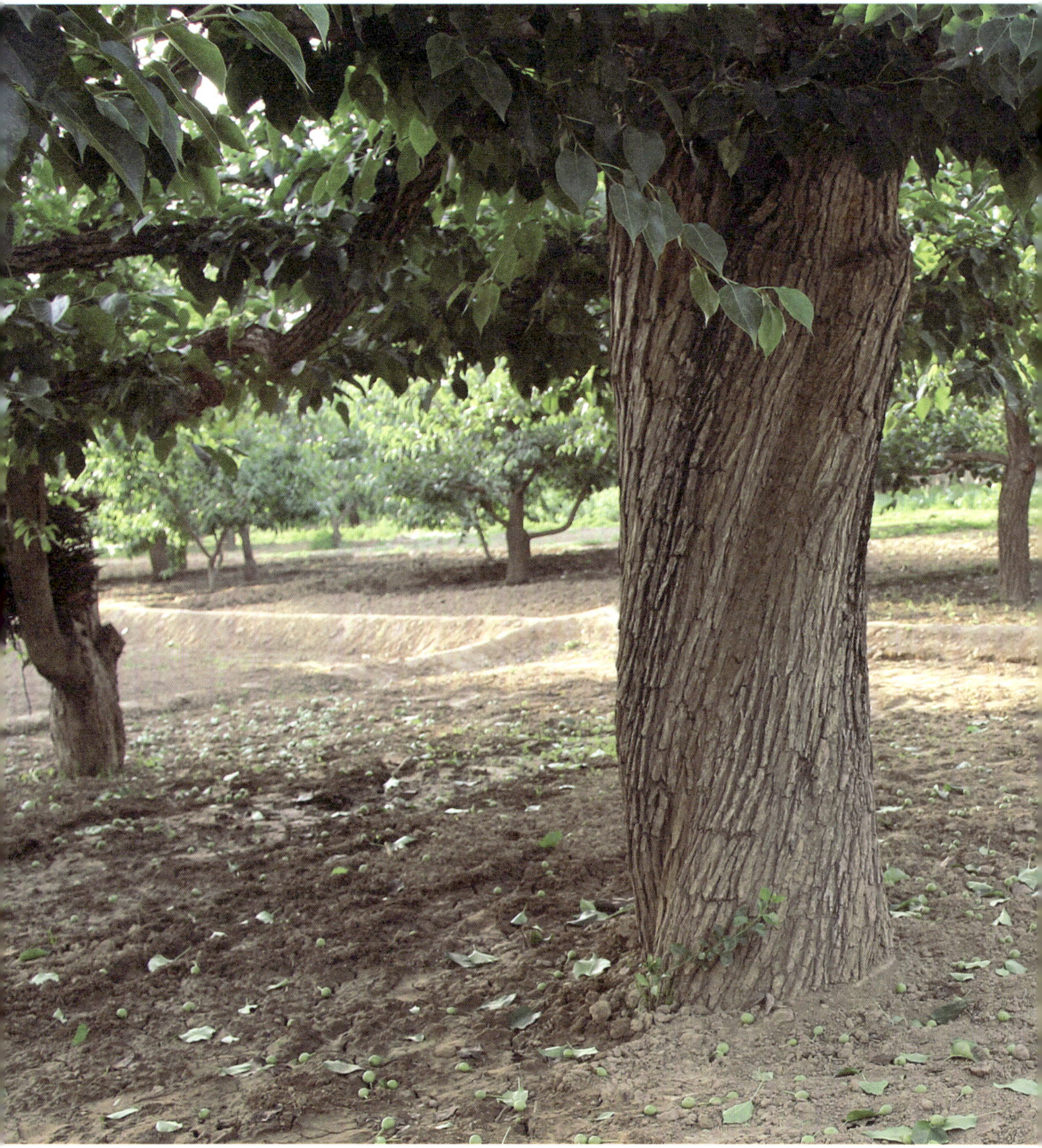

🍐 古梨园的生态密码

07

初到古梨园的人们看到古梨树美丽的"大脚"都会赞叹不已，对于务梨人来说，这些"大脚"可是古梨树高寿的一个重要密码呀……

一、美丽的"大脚"

什川古梨园最早种植果树可追溯至明洪武二十六年（1393年），距今已有600余年历史。2013年，什川古梨园被评为首批中国重要农业文化遗产，同年通过吉尼斯世界纪录认证，成为目前世界上面积最大最古老的梨园，并获得"世界第一古梨园"称号。什川古梨园种质资源丰富，具有重要的生态、科学、文化、历史等价值，尤其是什川人在长期的梨树栽种过程中，总结出一套独特、有效、系统且有别于现代果园管理理念及手段的梨树古法种植技术和梨园管理技术，这些技术与什川古梨园的生态系统高度吻合，是古梨园在没有农药、化肥等现代技术手段的前提下得以延续数百年的奥秘所在。作为重要农业文化遗产，什川古梨园中的传统知识与技术体系可以为现代农业生产提供宝贵经验，为可

梨园间作

持续农业发展提供示范案例。

带我们参观魏园的魏著新先生，虽然很早就出去工作，但一直心系古梨园，作为媒体人，他创办"老魏的新视界"公众号，为什川和古梨园的发展鼓与呼，聚拢了全国各地众多爱护古梨园、关注古梨园的人为古梨园的发展建言献策。魏先生说他自己早年在梨园长大，也是一个名副其实的"天把式"，而且，什川还有他的老屋，时不时就回来住，对古梨园更是再熟悉不过。所以，他不仅从果农的角度，更从科技工作者的视角，对古梨园得以存在数百年的生态奥秘和古梨园流传数百年的古法种植体系进行过系统深入研究。因而，我们关于古梨园的很多问题，除了到田间地头向"天把式"们寻求答案，还向这位自称"老魏"的先生请教。

什川古梨园的梨树经数百年的生长，十分高大，且都有明显粗壮的主干。但是，相信第一次到什川的人都会有一个疑问，那就是为什么什川古梨园梨树树干靠近地面的部分都要比上面粗很多呢？

老魏说，这里面其实蕴含着古梨园得以延续数百年的生态密码。什川本地有不少野生梨品种，比如木梨、杜梨、麻梨等，古梨园主要选择这类野生梨中的酸梨类型作为砧木进行嫁接。这些梨树用作砧木，其抗旱、抗涝、抗病虫害能力强，寿命也长，一般都能生长二三百年。这一嫁接技术在《齐民要术》中就有相关记载："插者，弥疾。插法，用棠、杜。棠，梨大而细理；杜次之；桑梨大恶。"[1]意思是说，嫁接的梨树结实快。嫁接的方法是用棠梨和杜梨。用棠梨树嫁接的结的梨大，质理细；用杜梨树嫁接的则居其次。什川的冬果梨主要嫁接在麻梨砧木上，生长三四百年，还能正常结果。什川地区梨树的嫁接部位都比较高，一般为80～180厘米，所以常常能看见接口处出现"下粗上细"的"大脚"现象，这说明嫁接的梨树加粗生长的速度比栽培品种要快，

美丽的大脚

正好印证了1500年前《齐民要术》的说法。老魏又说，近50年来，新栽的梨树大多接茬低，在地皮上，患黑胫病的明显增多，甚至导致大量死亡。这就充分证明嫁接部位高的优势。

初到古梨园的人们看到古梨树美丽的"大脚"都会赞叹不已，对于务梨人来说，这些"大脚"可是古梨树高寿的一个重要密码呀。

二、神奇的防虫技术

近些年"无公害""绿色""生态"农产品颇受人们关注，然而，贴上"无公害"等标签就真的可以放心食用吗？为了防治病虫害，大量化肥、农药被广泛应用于农业生产之中。在一次采访中，正好碰上正在采收梨果的一家人，大妈热情地给我一个金黄色的冬果梨，大妈拿衣角擦了擦，让我尝一尝，我正犹豫期间，大妈就站起来说："那你等等，那边有水，我去洗洗。"其实，我并非此意，但是大妈却像是猜出了我的心思，笑着说，"我们古梨园的梨与你们在外面买的梨不同，很少打农药的哦。"听完之后，我赶忙接了果子，和大妈聊了起来。

"其实，我们小时候也是随手摘下就吃了。也是近些年才开始讲究了。"我边吃边说。

"是啊，我们都这么吃呢！今年我们也没有打药。"

"我记得小时候那会儿，树上都没有那么多虫子，感觉现在虫害比以前多了。"我望着眼前这棵拥有几十年树龄的老梨树，脑海里却呈现出多年前的画面。

"是啊！我们古梨园世世代代都不打农药，也没见有这么多虫，反而是近些年农药种类越来越多，虫子的生命力却更顽强了，数量也不见下降。"

大妈的话让人深思。病虫害防治是果园管理的一项重要内容，我们知道农药防虫的历史最多几十年不超过一百年，那么，拥有几百年历史的什川古梨园在没有农药的时代是如何防虫的呢？大妈向我们介绍说，什川果农以前通过抹泥、堆沙、刮树皮等方式来防虫，只是现在有人嫌麻烦都不用了。

为了证实大妈的说法，我们再次特意请教了老魏。老魏说，什川古梨园生长到今天，除去梨树自身顽强的生命力，人对梨树的百般呵护和养育才是古梨园四五百年茁壮成长、生生不息的根本原因。在他年幼时，这片广袤的梨园内几乎看不到农药的踪影，病虫害出现后，什川果农便发挥自己的聪明才智，想出了一系列防虫的方法（现在被称作"古法防虫技术"）。第一种常见的方法就是我们已经熟知的"刮树皮"。刮树皮这一防虫技术并非什川独有，北方果园中这种方法广泛存在，我小时候也经常在家乡看到农民刮树皮的场景。

老魏讲道："什川刮树皮和其他地方是有差异的，你知道哪里不同吗？"

"是时间不一样吗？抑或工具不同吗？"我疑惑地问着。

"时间也许会有差异，但是差异都不太大。工具估计也没什么区别。最大的不同可能就是手法、技术吧！"

听罢，我感到很惊奇："难道还有地域差异吗？"

"当然有，我们什川果农手法几乎是一致的，尤其是老一辈的果农刮出的树皮可以说是'一模一样'，年轻人可能就差一些咯！"老魏说，"每年到寒冬时节，什川的果农都会去果园刮树皮。因为那时天气十分寒冷，数九寒天才能把虫子冻死，所以果农为了来年梨树不受病虫害的侵扰，都会集体出动刮树皮。他们刮的深度和使出的劲几乎是一样的。从远处看，你会以为这是一个人刮出来的。你如果冬天去梨园仔细观察，会发现年轻人或者手艺不精的人刮出的是深一道、浅一道，宛若喜鹊的模样，我们当地人把它称为'喜鹊花'，但凡被别人说自家的树被刮成了'喜鹊花'都会感到羞愧。时间长了，我们什川的果农无论是出于'面子'，还是为了来年的收成，都会尽力地去刮好树皮。"老魏边说边露出自豪的神情，又问我，"你知道刮完之后的树皮怎么解决吗？"

"就地烧吗？"因为第一次来什川时看到魏大妈有过类似的操作。

"不不不，我们什川古梨园中从来不浪费一点资源的。"老魏继续说，"烧其实也是可以的，而且还有人会就地烧，可是这种情况很少见。在我们这里，大多数人在刮树皮时都会在地上铺一个大大的被单接住刮下来的树皮，然后用小推车把这些树皮拉回家。那时候几乎每家每户都有火炕，所以他们都将树皮带回家填炕，如此一来，就会省出一些柴火来。为什么说大家一般不在梨园中直接烧，这是原因之一。"听完老魏讲述这一过程，我想起自己在富兰克林·H. 金的《四千年农夫》一书中看到的一段话，其大概意思是：在中国小农生产中，他们从来不浪费一点资源，他们看起来都十分吝啬。事实上，他们最不吝惜的是自己的劳动力。这样看来，怎么不是呢？什川古梨园就是真实写照啊，什川的果农不辞辛苦将树皮拉回家，而不是为了省力将其就地解决，他们正如书中所叙述的：即使耗费一些劳动力，也要节省一些资源。

"这道工序并没有结束。"老魏继续为我们讲述。

"你们从小在城里长大，自然对农业生产不太了解。当这些树皮燃烧后，就成了草木灰，草木灰的价值和用途不容小觑。它首先是一种不错的肥料，有的果农会将草木灰送回到梨园作为肥料使用。更为神奇的是，果农用它来杀虫。这是因为草木灰中含有多种化学元素，不仅是土壤中所需的营养成分，同时也是灭虫的有效物质。因此，通常会一部分返回田间，另一部分加水和泥，搅拌均匀，涂抹在树枝、树干上，如此一来，通过'窒息'和'腐蚀'双管齐下，消灭树上的病虫害。"

老魏说梨树种植中，除去浇水施肥外，灭虫是很关键的环节。虫与人类争食，会在梨树上吃叶啃果，生子产卵，传宗接代。因而灭虫必须虫卵和成虫一起灭。有些虫生在土地里，有些虫寄生在梨树枝干、树皮中。过去没有农药，果农就发明了抹树灭卵、堆沙阻虫等办法。虫子生在树枝上，藏在树皮缝里。每年初春刮过树皮后，果农还会就地取材，用树下的土和成稀泥，爬上树涂抹到粗大的梨树枝干上，以隔绝树缝里虫卵的空气，在虫卵孵化之前，将其捂死，当地人称之为抹（mā）树。一些够不着的树枝，就搭上云梯去抹。许多虫类经此一招便窒息而亡。有些抹不到位的树，也有虫卵变成了幼虫的，比如折头蜂的虫卵就会在小果子长到小指头蛋大时变成毛毛虫。这个时候果农就用掸（dǎn）树杆子敲打树枝，把成活的虫子从树上掸下来。同时，掸树的另一个作用是让品质不好的果子提前掉下来，不再无端消耗养分。果农一般会根据坐果的情况，加大力度，让多余的果子都掉下来，相当于现在的间果子了。

老魏还说，除抹树灭卵外，过去的兰州果农还从黄河边取细沙堆到老梨树下，在树根的地面与树干之间形成隔离带。春末天气逐渐变热时，虫子会从土里爬出来，经树干爬上树，吃树叶。这种细沙流动性强，移动时会听到微小的响声，见水不会板结，所以当地人称之为"响沙"。小虫在"响沙"堆上行动受阻，进一退二，不容易爬过树干下的沙堆，堆沙阻虫就有效阻止了爬虫上树。老魏还提到他曾经采访过什川镇一些高寿老人，听他们讲述古梨树的栽培历史，了解到很多黄河流域古梨树长生不老的秘密。其中抹树灭卵、堆沙阻虫就是梨树栽培的绝招之一。什川曾有一位98岁的魏至芳老人，就谈及她上树抹泥灭虫的经历。

"你们知道什川的软儿梨和冬果梨为什么好吃吗？奥秘就在这里。"老魏最后不无感慨地说，"果农与果树相依相存，视如亲人，果树才会生长到今天。如果没有古人原生态的农耕方式，今天的梨树用农药、化肥耕植，最多只能活几十年。什川百年梨园留存着很多鲜为人知

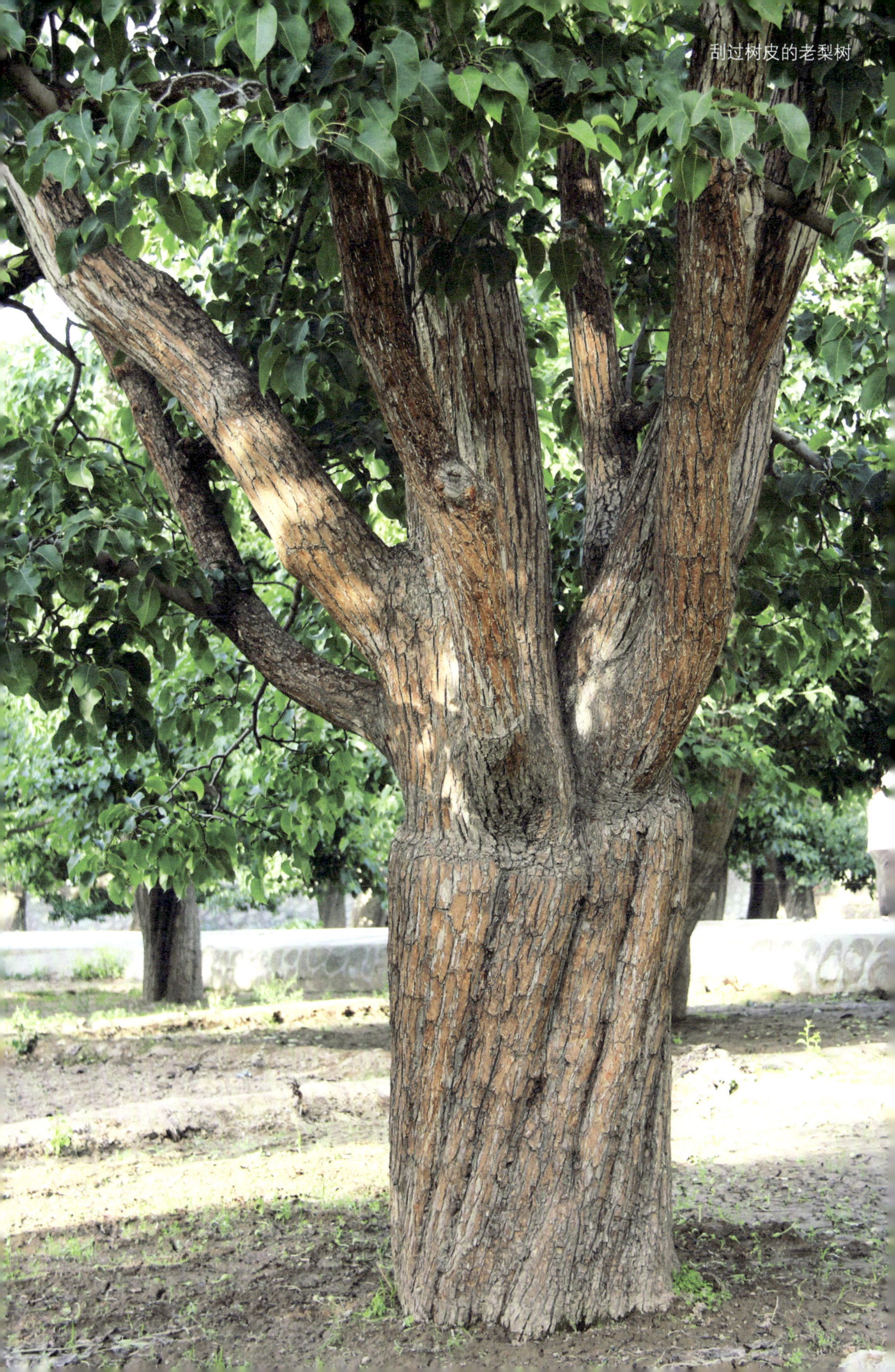

刮过树皮的老梨树

的古法种植的生态秘密，这是梨乡先辈果农实践经验的总结，也是20多代果农心血的结晶，只可惜，现在为了追求经济利益，很少有果农愿意坚持这些古法种植技术了。（古法种植技术）还有待挖掘、传承啊。"

三、"热货"授粉树的应用

梨花盛放的春日午后，阳光倾洒在梨园，此时果农也带上农具开始了新一天的劳作。直入云霄的云梯上有不少忙碌的身影，他们手里拿着一个不长的树棍，一头缠着棉花一类的东西在梨花上涂抹，从远处看，像是梨树上的一种"手舞足蹈"。我们问当地的果农，他们说，这是在为梨花授粉。

如此大的梨园难道就靠人工授粉吗？我们请教了很多当地的果农，他们都说这是在检查是否存在授粉不均匀的现象，目的是让梨花可以充分授粉，这样才能结出更多果实。但是，为什么会出现授粉不均匀的问题却没有说明白。为了弄清楚这个问题，我们又去找了老魏。

老魏说他之前确实采访过一个对梨树种植颇有研究的什川果农，刚好能够解答我们的疑问。老魏说，早期果农在什川广植梨树时就认识到软儿梨和冬果梨是梨园中的优质果品，但是如果果园中只有这两种梨树，将会直接导致梨树授粉不均匀，进而影响果品品质。那么，梨园人是如何解决这个问题的呢？这就是设定梨树的种植密度和应用授粉树。

老魏说："起初，梨园先祖们也摸不到门道，最终在多次失败后才总结出1亩地种7棵树这一梨树种植规律，这是古梨园的'黄金比例'，既符合梨园的生态承载力，也可以使梨树生长达到最优化。"原来如此，难怪我们在古梨园看到梨树的间距都整齐划一。

1亩地7棵树的"黄金比例"

老魏接着又说："不仅如此，果农在实践过程中还发现，除了软儿梨和冬果梨，果园中还需要有十分之一左右其他品种的梨树，如长把梨、苏木梨、鸭梨等，这些梨果称为'热货'。它们的经济价值远远比不上软儿梨和冬果梨，但是，由于这些'热货'梨树的花开得特别稠密，果园中有了它们，通过不同树种花粉的杂交，使软儿梨和冬果梨充分并均匀授粉，也是通过杂交优势，才使软儿梨和冬果梨的果品含糖量变高，肉质变细，石细胞减少，也才能使其产量实现最大化，这是古梨园里又一个'黄金比例'，也是古梨园得以延续数百年的又一个生态密码。"

"可是，今天不一样了。先前，梨园是一个整体，无论是防虫、防霜或授粉，大家都是集体出动劳作；后来，包产到户后，将梨园划分给每家每户，各家自行管理，以往穿插在梨园里的长把梨、鸭梨、苏木梨等梨树，由于经济效益远远不及软儿梨、冬果梨，所以无论将这些梨树分到哪家哪户，大家都不愿意接收。所以，果农为了自家的生产效益，都会将这些梨树嫁接成软儿梨和冬果梨。可是，嫁接之后，果农发现，不仅自己梨果产量没有提升，而且软儿梨和冬果梨的品质都在下降，果肉肉质变得粗粝，渣大，石细胞多。究其原因，就是因为品种过于单一，失去了杂交优势，打破了梨园原有的生态平衡。此后，有的果农会恢复原先嫁接的鸭梨、长把梨、酥

梨园生机

梨，有的呢，则在梨树开花期，通过打保胎药以保证和提高坐果率，但是这样做的结果很容易导致梨果品相难看，品质下降，进而导致有些果农因效益低下而直接放弃种植梨树，换栽收益较好的苹果树、桃树等，最终导致梨园进入恶性循环模式。"老魏眉头锁住，看得出来他对什川古梨园的担忧。

最后，老魏说："什川古梨园本是完整的生态系统，但是由于人为原因，打破了梨园生态系统中的生物多样性和平衡性，不仅在客观上造成梨园生态系统的割裂与重建，引起一系列生态环境问题，而且在主观上为急功近利者的乱砍滥伐提供了便利条件。近些年，随着什川旅游热的兴起，越来越多的果农不再关注古梨树以及古梨园的生存状态，反而开始砍树大规模兴建度假村。旅游热在一定程度上加剧了古梨园的消亡，这是最令人心痛和担忧的问题。"

注释

[1]　缪启愉、缪桂龙撰：《〈齐民要术〉译注》卷第四"插梨第三十七"中的相关记载，第280—287页，上海：上海古籍出版社，2006年。

采摘冬果梨

08

对大叔来说，务梨树虽是为了生活，但梨树显然已经成为大叔和梨园人生命中的一部分，而不能用辛苦不辛苦、害怕不害怕来界定了……

再来古梨园，是在一个秋季。我们到的时候尚未错过农忙时节，不过大多数软儿梨已经摘完了，剩下的主要是冬果梨，树梢重重地向下垂着，树上结着成团的果子。梨园中小道蜿蜒，每条小道上几乎都有农家在忙着收获，摘梨是这个季节唯一要做的事。我们刚到梨园，就遇到一户农家在收冬果梨，男主人正在云梯上摘梨子，女主人则在树下挑拣、去梨把、装筐，这一切都是有条不紊地进行的，他们看上去50岁上下，彼此之间的配合无比默契。

我们想正好利用这个机会观察一下摘梨的过程，于是走过去。这时，男主人正从梯子上下来，准备休息一下，再将云梯换到第二棵树上。攀谈得知，男主人姓魏，得知我们的来意后，魏大叔便开始架梯摘梨，并且一边架梯，一边给我们讲解示范。他说，摘梨前，首先要仔细检查云梯的梯桄和两根戗杆最上面的绳套是否完好。第二步，到要摘梨的梨树底下看看情况，确定云梯应架的位置，一般都选梨果长得最密的地方架梯。然后，在大妈的协助下，魏大叔先把云梯轻轻挪到刚才看准的位置上，提起云梯，使劲一插，将云梯最下端的楔子斜插到土里。这时候，大妈娴熟地拿着两根戗杆，一边一个套在云梯中部的梯桄上，同样用力地插进土里，两根戗杆与云梯形成一个稳稳当当的三棱锥形，支撑住云梯。云梯并没有靠在树上，而是利用三角形的稳定性架在梨树边。大叔说，你看这多结实，你晃都晃不动。然后，魏大叔就信心满满地开始上云梯了，他一手提着有钩子的绳子一步一步登上云梯的梯桄，一边抬头往上面看着，以便判断停下来的位置。到达合适的位置后，魏大叔把绳子一头的钩子挂在伸手可及的梯桄上，用一只手扶着这个梯桄，然后用另一只手摘梨，放进筐子里。魏大叔摘得很快，而且很有节奏，不一会儿满满一筐冬果梨就摘好了，缓缓地被送到地面。刚才位置上的梨果摘完后，魏大叔又往上爬了几层，我们站在下面看得胆战心惊

丰收的喜悦：堆放软儿梨（张铁柱摄）

的，一个个屏息凝神，不敢言语，他却面无难色，自如地摘梨、放筐、再接筐、摘梨……不一会儿，他周围树枝上的梨就摘完了。大叔下到地面稍事休息，准备挪动云梯，再去摘这棵树其他地方的梨。

我们问大叔觉得害怕吗？辛苦吗？大叔咧着嘴笑着，似乎黝黑的脸颊上的褶皱都在笑。他说，小时候看着父辈们上下云梯，自己在下面也害怕，但是因为从小就在梨树下长大，云梯也是伴随他长大的一个玩

爬上云梯摘梨（张铁柱摄）

伴，只是小时候云梯是他和男孩子们比赛胆量的玩具，到后来才成了谋生的工具。梨园的男女老少就生活在梨树下，刮树皮、吊树枝、摘梨，都要用云梯，也就没什么怕不怕的。对大叔来说，务梨树虽是为了生活，但梨树显然已经成为大叔和梨园人生命中的一部分，而不能用辛苦不辛苦、害怕不害怕来界定了。听完魏大叔的话，我被莫名地感动了。梨园人与梨树相依为命，他们早已将生命融进了每一棵梨树的四季轮回和生长之中。老魏曾说，每一位从梨园走出去的什川人都有一种比其他地方的人更浓、更深的乡愁，那时候不太能理解，现在听了大叔的话，似乎明白了许多。

我们跟这户人家交谈了许久，并且体验了一把爬上云梯摘梨的过程，云梯看似结构简单，实则技术含量十分高，让人不得不佩服什川劳动人民的智慧。梨园中种植的不仅有梨树，还有苹果树和石榴树，远远地看去像是绿洲中的红太阳，这类似一种间作农业，充分利用了梨园肥沃的土地和充沛的黄河水。梨园边上和中间有大小不一的水渠，这是为了用黄河水灌溉和收集雪水、雨水。大妈将坏掉的梨扔到梨园的草地上，任其腐烂，可以增加土地的肥力，还不会污染河流。我们看到放梨的筐子里都铺着厚厚的黑色软布，就问大妈是因为怕冬果梨冻着吗？大妈说，冬果梨娇嫩，铺上软布能保护梨子不受损害。大妈说，以前人铺的是麦草，而且摘梨的时候都要剪指甲的。

摘完梨，魏大叔和大妈邀请我们去他们家做客，我们刚好想去参观什川人储藏梨的地方与方法，便没有推辞。大妈告诉我们，摘回来的冬果梨要除去病果、伤果，放在阴凉、干燥、通风的厦屋或室内先行预贮发汗，冬至前后就转移到地窖里贮藏。大妈家的地窖建在她家院子一个背风向阳、地势较高的地方。窖口长1米多，宽80厘米左右，装有一个铁栅栏门，打开栅栏门，一股凉意扑面而来。从窖口沿台阶而下便进入宽敞的窖内，从地面到窖底深约3米，越往里走窖身越窄，且东西两面各有一个侧窖，分别长3米，高1.5米，宽2米。地窖的地面是石头铺成的，墙面用水泥抹得十分光滑。大妈说，以前地窖的地面上会铺上麦草。冬果梨就堆在上面，再盖上麻纸，可以防灰。放果子时要轻拿轻放，不能碰伤。天气转冷后，窖口上还要加盖草帘子。通过揭盖草帘子可调节窖内的温湿度。窖内如果过干，还可洒水提高湿度。第二年3月中旬以后，天气转暖，就可去掉窖口的草帘子。贮藏过程中，每月都要检查一次，剔除病、伤、烂果，这样一般可以存放到来年的五六月份。不过，近些年由于冬果梨的收获量比以前小，一般不等来年五六月份梨就卖完了，所以现在都用方形的塑料筐子存放，方便搬运，也透气。

在梨园捡梨时，大妈聊起家里的事情，我们得知他们家有两个儿子，都住在兰州城里，很少

摘梨筐子

回来，他们都无心继承这份家业。大妈十分珍惜这片古梨园，时不时会惋惜地说："这么好的梨，明年估计就没人收了。"在与魏大妈的交谈过程中，我们得知想把梨果卖出去并不容易。大妈说，收获的梨一般要成筐成筐运到城里摆摊销售。摆摊并没有固定场所，还常常会遇到城管赶摔。如果哪一年遇上大丰收，那么梨价会自动下降，可能收入抵不过投入。所以，许多什川人并不单纯靠经营梨树为生，而是选择到城里打工，把种梨树当成最后的退路，当作副业，只要有更好的工作、更好的生存环境，很多人就会离开梨园。大妈说她的两个儿子也希望他们老两口搬到城里跟他们一起居住，可她舍不得这片梨园，在与大妈的交谈过程中，我们无意间感受到她的担忧与无奈。

如果你在什川的古梨园中徜徉，就会发现梨树也有分类。有些地方的梨树果实累累，而有些地方的梨树则只剩下古木虬枝而不见梨果。前者是相对年轻的梨树林，产梨主要靠它们，而后者是需要重点保护的

收获

古枝

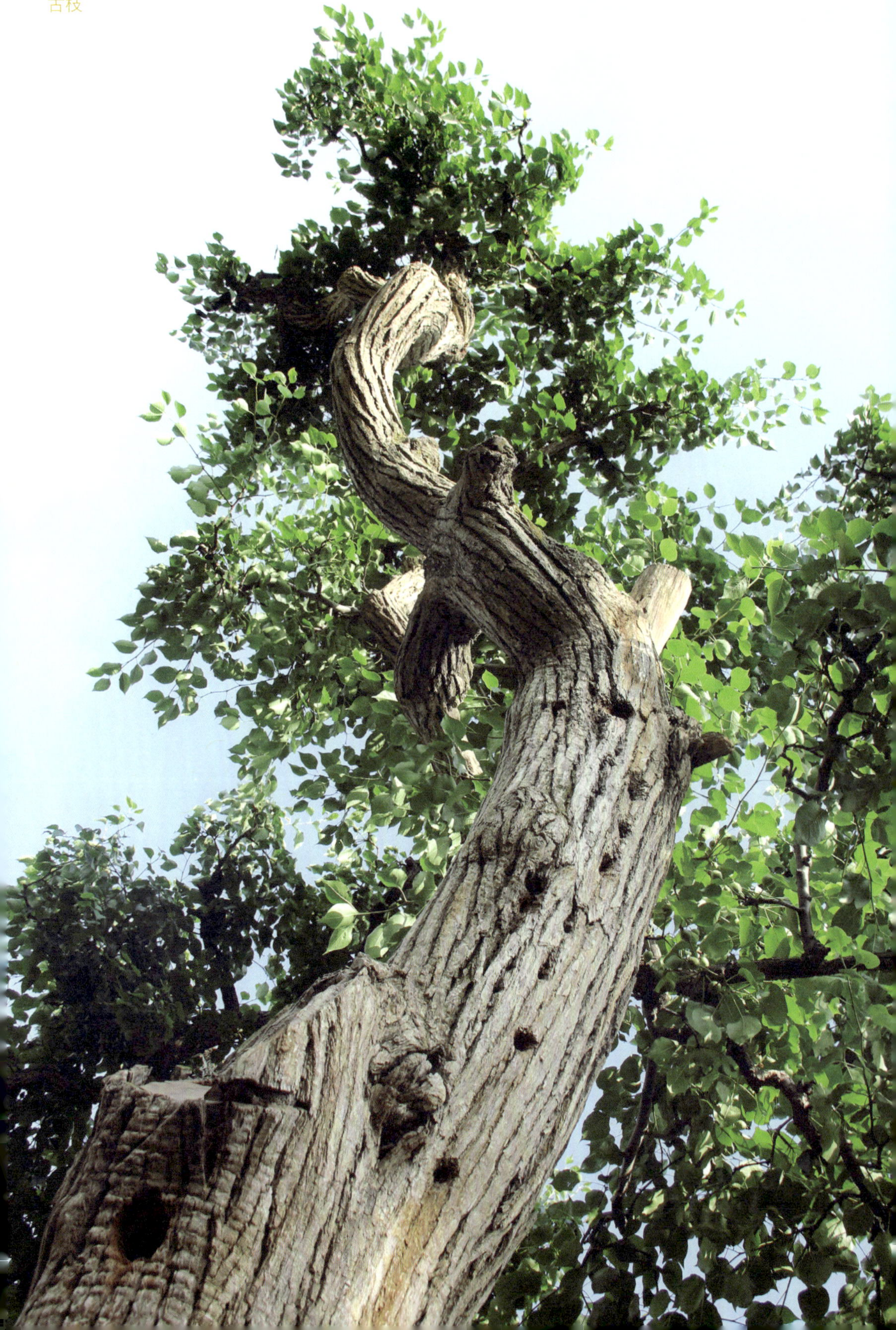

古梨树，树龄都在百年以上，这些古梨树有的也产梨，而且每一棵梨树都有一个认领人，按规定，认领人必须好好保护梨树，保护得好了有奖励，否则会有罚款；还有一些是废弃的古梨树，大多已经不产梨了，即使产梨也是既无产量也无品质的小果，大多数废弃的古梨树的树干通常已经腐朽并自然倒地，形成一种独特的姿态，这些是自然老去的梨树，当然也有被人为放弃的老梨树。这几处梨园各有各的特色，但是每种梨园都会有参观游玩的人，在年轻梨园中，游客们通常会直观摘梨的全过程，在老梨树旁，人们则多会拍照留念。在摘梨的过程中，还遇到了外地来旅游的人，他们被刚摘下来的新鲜梨果所吸引，买了几袋子才走。在什川并不乏外地来旅游的人，但他们多是在梨花盛开的清香美丽季节来什川，到梨果收获季节再来旅游的人非常少，而能体验到摘梨乐趣的人就更少了。午后散步时曾见到一家开车来梨园野炊的，在绿色的草地上铺上餐布，放上美食，和家人聊聊天，看看梨园，十分惬意。

与梨园告别时，大家都有点不舍，期待下次秋天再来，还能见到一样热闹的摘梨场面。

🍐 发汗：软儿梨的后熟

09

对于"发汗"后的软儿梨，什川人总是不吝笔墨，一直赞叹不已："软儿梨会变得绵软如泥，香气扑鼻。这时，果农叫它'糖杏儿'。这时的软儿梨虽然还有点青涩留下的酸涩余味，但已经是绵中带甜，软中带沙，梨外观也由青变黄，透出一种成熟细腻的品相。轻轻一捏，便成两半，好吃极了！"……

第一次去什川，首先引起我注意的便是街边售货摊子上摆放的深褐色的软儿梨。

"这就是软儿梨吗？为什么是这种颜色？"卖梨的大叔拿出一副本地人的样子告诉我："姑娘，我们的软儿梨只有这样的才是最好吃的。"

"哦，树上长出来的时候恐怕不是这个样子吧？"我一脸惊愕。

"当然不是！"大叔仰头大笑，"这是糖化之后的软儿梨。"

时隔半年，我再次前往什川，正逢梨园丰收时节，长在树上的梨果果真是翠绿的，那么，软儿梨从翠绿到糖化，再到变成深褐色，这一过程是如何完成的呢？

在梨园漫步，正好碰上路边一户人家老少都在梨园收梨，上了年岁的老奶奶坐在一旁挑选，她的小孙子在一旁嬉闹，时不时也会过来帮忙，正在云梯上摘梨的年轻人应该是老人家的儿子，而树下交接梨筐的妇人应该就是儿媳了。我看了许久，被这收获梨果的和谐画面深深感动了。不禁想起辛弃疾的《清平乐·村居》："茅檐低小，溪上青青草。醉里吴音相媚好，白发谁家翁媪？大儿锄豆溪东，中儿正织鸡笼。最喜小儿无赖，溪头卧剥莲蓬。"虽然描写的场景有所不同，却有异曲同工之妙。于是，我蹲下来和老奶奶聊天，我看到老人家手中的梨皮糙肉厚，摸上去十分坚硬，我猜想这应该就是软儿梨了。老人家告诉我：软儿梨刚从树下摘下来的时候皮非常硬，吃起来很涩，口感很差，所以软儿梨一般不会上市出售，而要带回家让它"发汗"，放软了才能吃。

软儿梨是什川百姓对香水梨的俗称，《广群芳谱》云"香水梨出北地，最为上品"，《本草纲目》则称之为"消梨"[1]。《光绪重修皋兰县志》有"秋时色青黄，味微酸，藏至冬末春初，始软而黑，肉悉成浆，甘如蜜"[2]的记载，可见香水梨的药用、食用价值之高。现代梨学已经掌握了贮藏对果实品质的积极作用。[3]传统时代，梨的摘收、贮藏也一样受到

什川果农的窖窖

收入窖窖准备发汗

重视。例如《齐民要术》就有"藏梨法"，要求"初霜后即收。于屋下掘作深阴坑，底无令润湿"，"摘时必令好接"等。[4]什川果农经过长期摸索，结合古代传统，总结了一套因地制宜的梨贮藏技术。

在什川果农家中，都会有一个大棚、一个地窖。地窖内部结构如同北方窑洞，是冬果梨的主要储存地。大棚构造较为简易，用几块木板搭建而成，顶上类似露天，是存放软儿梨的主要地方。果农从树上把软儿梨摘下之后，在贮藏之前，先经过细致选择，除去病果、伤果，拉回家放在通风透气的棚子里的笆子床上，等它慢慢发酵，这就是老人家所说的"发汗"。软儿梨和冬果梨都需要"发汗"，这是因为新鲜梨果的糖酸比值较低，石细胞较多，口感又酸又涩，经过预贮"发汗"，也就是后熟过程，会使其糖度提高，酸度下降，石细胞减少，当地把这一过程叫作"发汗"、"糖化"或"化过"。预贮时可以用笆子床，也可以在地上铺厚厚的麦草，两者皆有通风效果，果实堆放不超过二尺，上面要盖一层薄薄的麻纸，促其自然"发汗"，同时可以避免梨表面落上尘土。软儿梨"发汗"的时间大概从摘果一直延续到来年春天，在这一过程中会经过光晒、积雪、中温、低温，一冷一热，如此长时间循环往复，软儿梨便完成了"发汗"的过程。若是没有很好地糖化，就叫作"化不过"，这部分梨会被挑出来。而"化过"的软儿梨颜色、口感、品质都极佳，但是，由于不方便运输，只能等梨到了冬天颜色变黑，冻成冻梨才能出售。在这一过程中，软儿梨和冬果梨表面都会渗出一种油腻的物质，大概是梨果体内油性物质在进行挥发。对于"发汗"后的软儿梨，什川人总是不吝笔墨，一直赞叹不已："软儿梨会变得绵软如泥，香气扑鼻。这时，果农叫它'糖杏儿'。这时的软儿梨虽然还有点青涩留下的酸涩余味，但已经是绵中带甜，软中带沙，梨外观也由青变黄，透出一种成熟细腻的品相。轻轻一捏，便成两半，好吃极了！"[5]

软儿梨

我蹲下来听老奶奶讲述她的日常生活，顺便帮老人家把梨果分类，不知不觉已到黄昏时分，因为已到秋季，日落时便会感到一阵清凉，老奶奶一家也准备收工回家。帮忙收拾完之后，老人家邀请我去家中做客，正好我也想看看软儿梨的储存地，没有推托便随老人一家回了家。一进大门，映入眼帘的就是存储软儿梨的简易大棚，看起来确实十分简陋，但是老人家说只有这样，软儿梨才能得到充分糖化发汗。我走进一看，那种简易的大棚在中国北方十分常见，普通农户家中也经常会出现，有的用于放置粮食，有的用于放置杂物，甚至有的用于饲养牛羊，但是利用它来使得软儿梨完成糖化的过程，我还是第一次见到。棚虽简易，却能与大自然的气候变化相结合，将人的力量和自然的力量叠加，从而达到最佳效果。中国古人在农耕生产过程中，积累的很多经验直至今日都让人赞叹不已。他们其实没有想过要剥夺自然的权利，没有想过要征服自然，他们一切的努力只希望能配合自然，换来丰收，"天人合一"的传统农耕思想始终贯穿在农业生产过程中，农耕实践一直践行了协调发展的理念。我驻足在如此简陋的大棚前沉思，佩服什川果农长期以来的管理果园的智慧，敬意油然而生。

在什川，我还了解到，科技发展的今天，软儿梨的存储、糖化及包装过程已经发生了质的飞跃。什川的年轻人魏永波、魏永盛等顺应时代发展的脉搏，在什川建立了冷库，专门用来储藏软儿梨和冬果梨，通过人工调节温度使得软儿梨完成糖化过程，如此可保证糖化均匀，并且可以延长存储期限。为了打造什川软儿梨的品牌，扩大销售渠道，果农齐心协力引进了蛋壳形状的制冷包装，从而使其得以远销各地。软儿梨还经长途跋涉被魏永波带上了湖南卫视的《天天向上》节目，并邀请各位明星嘉宾品尝，赢得了一致好评，扩大了什川软儿梨和古梨园的知名度。软儿梨的储藏与糖化历经沧桑巨变，如今已实现将传统经验与先进的技术手段相结合，打造出属于什川的软儿梨品牌，让更多人可以品尝到软儿梨这一人间美味。同时，也为扩大软儿梨的销售渠道和"世界第一古梨园"的知名度，为什川古梨园今后的发展奠定了良好的基础。

注释

[1]　[清]汪灏等著，《广群芳谱》，上海：上海书店，1982年，第1307页。

[2]　《中国地方志集成 甘肃府县志辑（4）光绪重修皋兰县志（二）》，南京：凤凰出版社，2008年，第29页。

[3]　张绍铃主编：《梨学》，北京：中国农业出版社，2013年，第764页。

[4]　缪启愉、缪桂龙撰：《〈齐民要术〉译注》卷第四"插梨第三十七"，上海：上海古籍出版社，2006年，第283页。

[5]　魏著新：《黄河生态人文系列：瓜果城中第一奇》，微信公众号"老魏的新视界"，2016年1月22日，https://mp.weixin.qq.com/s/j62bqbuDweEix06diLLfyQ。

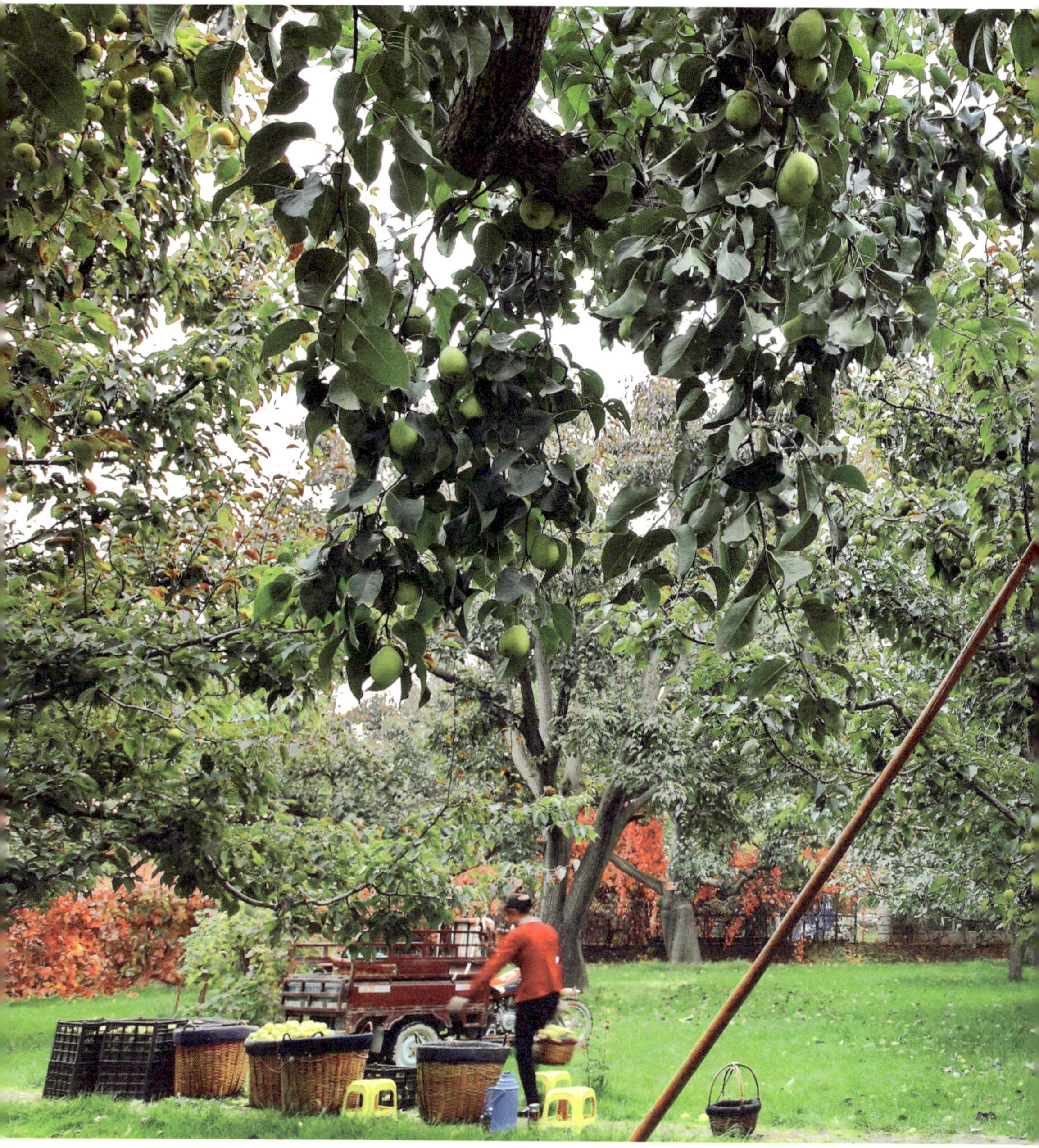

🍐 体验上云梯

10

该下云梯了，我几乎是抱住云梯，一阶一阶地下，大叔让我往上看，这样就不会害怕了，我就尽量往上看，可由于对云梯不熟悉，摸不清梯桄的位置，总不免偷偷瞄一眼下面。等到了地面，心里一松，就像乘坐着一架在暴风雨中飞行的飞机终于着陆了一般……

早在第一次来什川的时候，我们就已经见过云梯了，对云梯的构造、形制也有了大概的了解。云梯是什川果农在长期务梨树的实践中创作出来用于采摘梨果、修枝整形、攀吊树枝的作业工具。其使用简便、结构灵巧，体现了什川先民的勤劳与智慧，现在看来，还十分具有科学性。据什川当地的魏周玉老人讲："什川云梯，由主梯和两根戗杆组成。在地面上，主梯点和两戗杆点形成等腰三角形。从垂面看，主梯和两戗杆形成三角锥体，锥体的稳定性极高。因此，人在主梯上作业，是十分安全的。在实际生产中，根据需要主梯与戗杆的夹角和受力点高度可在允许范围内调整，稳定性不会降低太多。另外，什川云梯的杠距[1]是有严格规定的，以便于不同身高的作业者进行顶腿、辫腿、勾腿、挂腿的动作要求。什川云梯在实际生产中，可钻入树冠中心部位进行作业，并且可采取靠枝、立梯方式，灵活而多变。"[2]

第二次来恰巧碰上了剪枝的时候。虽然接近正月十五，园子里劳动的人还很少，但勤劳的苏大叔还是每天要修剪上半棵树。第二天上午，

挂在房檐下的云梯

我们便有幸看到大叔上云梯作业的情景。之前一直想象云梯是如何操作的：梯子靠着树会不会对树有伤害？饬杆到底怎样辅助云梯？甚至想象云梯可以荡来荡去，人在云梯上修剪完一棵树可以荡到另一棵继续修剪……等到看了大叔上树后，这些疑问便解开了，在一点小小的失望之下，升起了大大的敬意。失望的是云梯在固定好之后是不能移动的，也就更不能像想象中那样荡来荡去地作业，而敬佩的是什川先民的才智。

上树的第一步是架云梯，这不像我们平时搭梯子一样。苏大叔先观察树上情况，看哪里的枝需要修剪、梯子放在哪个位置好。待观察好之后双手一上一下抓住云梯的梯桄，将梯子竖直抬起，又饬在看好的位置，将饬杆底端两个尖利的铁叉插进土地中，然后扶住梯子。这时，魏大妈便拿起饬杆，将套绳套在云梯适当高度反方向伸出的梯桄上，然后将饬杆顶端绕到此梯桄正面伸出的一端下方，将其卡住，再找准位置，将饬杆底端的铁叉斜插进土里，用力在饬杆着地的地方使劲踩两脚使其牢固。这样，饬杆与云梯便形成了一个三角形。接下来，将第二根饬杆从另一个角度在同一高度上支撑住这个三角形，最终使云梯和两根饬杆形成一个三棱锥体。其中两根饬杆与云梯之间的距离相等，云梯和两根饬杆在地面上的三个点大致形成一个等腰三角形。再经过反复调整，云梯就架好了。

云梯是完全由主梯和两根饬杆固定起来的，不会靠到树，这样小树便不会被压坏，而在修剪大树时，如果有适当的位置也会不用饬杆，将云梯靠在大树的枝杈上固定结实，但这样的方式应用较少。架云梯是上树的基础，需要有经验的"天把式"来完成，要根据树的高度、要修剪的树枝位置等一系列条件来选择云梯的位置。架云梯时也需要把握好饬杆架的高度和云梯之间的角度，一旦没架好，就会非常危险，试想人从七八米甚至十几米的高空掉下来是一种什么样的情景。云梯架好了，大叔就拿着一柄小锯子和一把修枝剪刀上了云梯。大妈在下面给我们讲解剪枝的要领：剪枝不全是要把新发出来的枝剪掉，虽然一般是剪新枝，但是要观察好。阳光照射不足的枝要剪掉，因为这些枝光合作用不好，长出来的果子就不好；在一条斜伸出去的枝上垂直向上伸出的枝要剪掉，这种枝是"拔树"的，会过多吸收树的养分；要判断好树上花苞的多少，如果花苞过多，那么将来长出来的果子也会过多，会造成养分不足，果子也是长不好的，所以也要剪掉。听着大妈的讲解，看着大叔在云梯上作业，作为我们团队里唯一的男生，朱家楠同学已经跃跃欲试，也想上云梯体验一回。

第二天，我们又来到了园子，听到朱家楠同学的一再请求，大叔起初是拒绝的："那不行，你不会，上去太危险了，不行不行。"

"没关系的，大叔，我就上一下架好的云梯。"

"不行，你没上过，万一摔下来咋办，那不是开玩笑的。"

"大叔，我就上去体验一下，就上两阶，可以吗？"

最终，大叔在朱家楠的反复恳求之下答应了。后来，朱家楠这样回忆他上云梯的感受："我上去时不比大叔，手里是不拿工具的，稳稳地抓住梯桄，一步一步地攀上去。本来想按照之前说的，上两阶体验一下算了，可大叔见我上得稳，也来劲了，

架云梯（张铁柱摄）

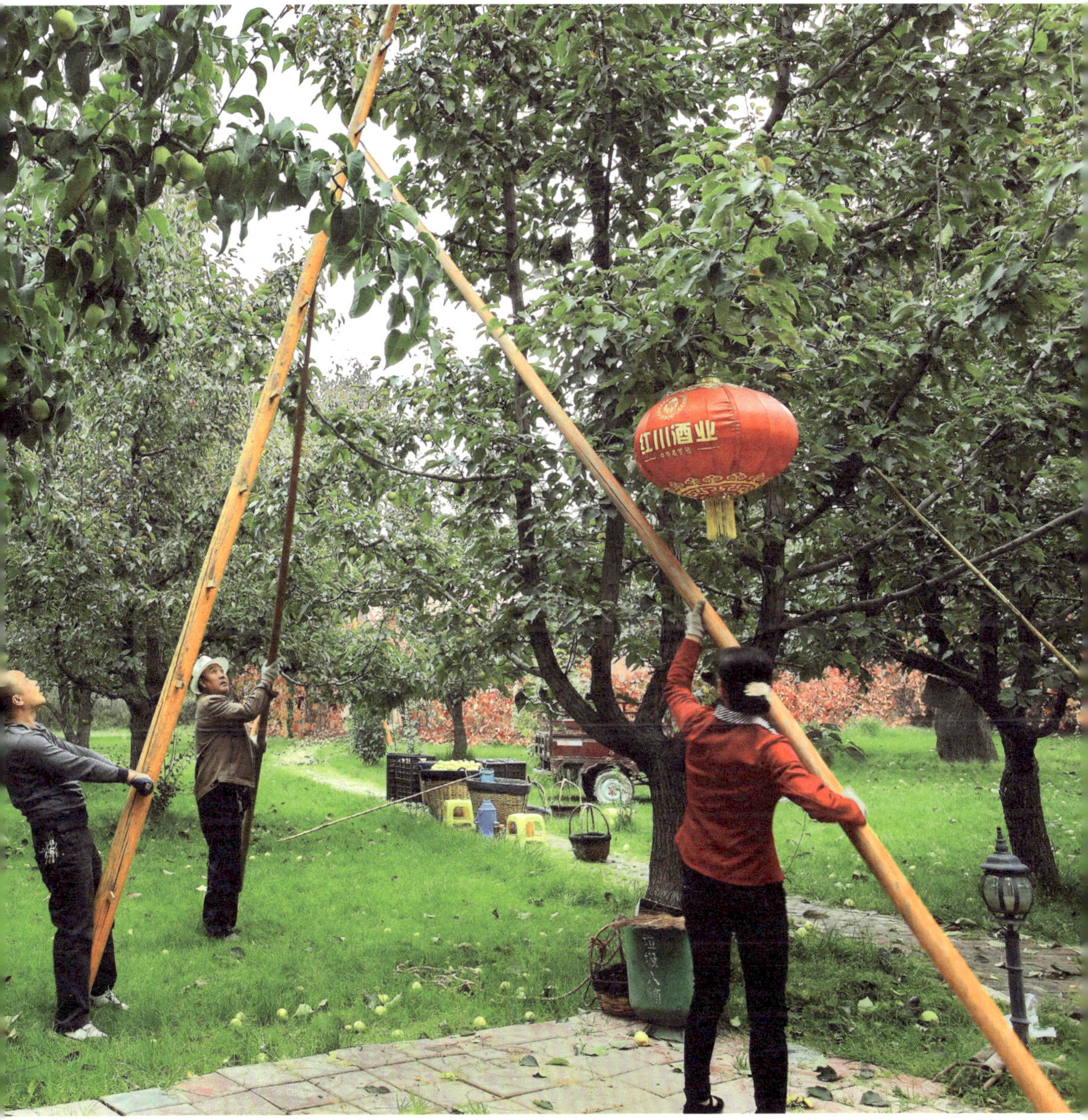
红川酒业

说'你再上'。我便依言上去，开始还没有什么感觉，可越往上梯子就开始晃，越高晃得越厉害。上了五六阶，我心里就已经开始有点发毛，可是大叔还在说'你再上，你再上'，我就硬着头皮再上。等上到八阶也就是戗杆戗的位置之上的时候，我就已经心惊胆战，再也不敢往上一阶了。到这时，我刚见到大叔上云梯作业时的一点点失望之情烟消云散，全部转变为敬佩之意。该下云梯了，我几乎是抱住云梯，一阶一阶地下，大叔让我往上看，这样就不会害怕了，我就尽量往上看，可由于对云梯不熟悉，摸不清梯桄的位置，总不免偷偷瞄一眼下面。等到了地面，心里一松，就像乘坐着一架在暴风雨中飞行的飞机终于着陆了一般。

"下到地面再往上看时又想，云梯在戗杆上面的位置没有戗杆支撑，再往上肯定晃得加倍厉害，不禁又对大叔这样的'天把式'增加了一层敬意。后来大叔又教了我一些上云梯的诀窍，最关键的地方在于一条腿的膝盖要卡在两阶梯桄之间，这样便稳了。我又上去试了一下，但由于之前没仔细观察大叔上树的动作，总是学不会，大叔便笑着叫我下来。聊了两句，大叔又上去剪枝了，这次我认真观察了大叔的动作，总结出了动作要领：一般'天把式'上树修枝是拿两样工具的，小手锯和修枝剪，锯上有绳，挂在手腕上即可，剪却要拿在手里。修枝时一脚踩下面一桄，一脚踩上面一桄，上面那条腿的膝盖卡在更上一阶的梯桄上，双腿用力，便可保持稳定，解放出双手。而剪较远处的树枝时，则要一手挽住云梯，一手伸出去修剪。看到了这些要领，我再试着上梯，果然成功用膝盖卡住了梯子，解放出了双手，心里也美滋滋的。"

云梯是什川人民发明的最常用的传统农具，是什川古梨园的标志之一。大叔、大妈是典型的什川传统果农，他们把梨树当成自家的宝，大妈就说："生命在于运动嘛。务梨树也是一种运动。如果没了梨树，一天都不知道干啥了。"可大妈又说现在年轻人都出去打工赚钱，已经

只剩下老年人的收获季（张铁柱摄）

没一个愿意上云梯了，用大妈的原话就是"哪怕上树掏金子，他们都不去"，可古梨树是祖宗留下来的，没人务，梨树就要死了，所以这种传统农具和传统农业生产方式必须得有人继承，面对这个问题，希望勤劳勇敢的什川人民和各级政府部门，乃至社会各界能找到妥当的方法解决，使美丽的什川梨花长开不败。

注释

[1]　作者注：指云梯横杠（梯桄）的间距。

[2]　魏周玉：《什川云梯》，微信公众号"老魏的新视界"，2018年11月3日，https://mp.weixin.qq.com/s/xu9YUuZydeYd7JaIRrhpcw。

冻软儿与热冬果——
古梨园中的冰火两重天

11

什川的软儿梨和冬果梨一冷一热、一阴一阳，如什川地形天然形成的太极图中的两极一般，世代滋养着什川果农……

什川果农数百年来精心照料着万亩梨园，而古梨树也以其甘美的果实滋育着一代代什川人。对于远离故乡的游子，说起故乡，人们最难忘的还是儿时吃过的美食的味道。什川人杰地灵，从这里走出了很多优秀的什川人。他们虽然阔别家乡几十年，对家乡的记忆却永远在心底，他们对古梨园果实的情感是那么的真实和深情。

苏义秀老人是20世纪六七十年代就走出去的什川女儿，她有一篇文章叫《记忆中的梨园果味》，写甜掉牙的冬果梨，读来情真意切，让人口水直流。

瓜熟蒂落，古法种植的梨树上结出的冬果梨在成熟时，总会有些要掉下来。越是树尖上的梨，光合作用好，熟得快，一遇刮风下雨天，最容易掉下来。掉下来的冬果梨往往皮细肉嫩，似碎玉一片，捡一块放进嘴里，饱满的汁液，润甜爽口，细腻爽脆的果肉，在牙缝间穿梭，是绝美的享受，甜到牙根痒痒。多余的汁液顺着手指缝缓缓流出，滋润肌肤，暖人心扉。长在树尖上的果子，不搭云梯是摘不下来的，即使爬树高手上到树杈上，攀到树枝上，也摘不到这样的好果子。踩在树杈上只能摘些树冠里面，光照不充分，光合作用不好的小梨（夹冒子）。冬果梨娇嫩，摘时需要把装的筐子（带把手的筐子），筐子都要用麦草，或者草袋子包裹一层（现在人富裕了，都用布包裹），摘梨的人都要剪指甲的。以前生产队时果子摘得晚一些，冬果，苹果一般能摘到十月底，冬果梨在树上被霜煞到果皮柔润细腻透亮，树尖尖上的更是黄里透红似晶莹剔透的宝石，白嫩细腻的果肉呼之欲出，拿在手里用指甲轻轻一掐，浓郁的果汁喷涌而出。咬一口，如琼浆玉液，甘甜醇香，清凉纯正。香了口鼻，爽了舌尖，梨不醉人，人自醉。[1]

古树

　　前文提到的魏著新先生更是一位身在外而心永远在家乡的具有深厚家国情怀的什川人，他的一篇《香水柔柔》的文章里这样写软儿梨的味道。

　　它首先是口感柔韧适度，舌头、牙齿都特别喜欢；其次是表皮的柔韧之内，是一团同样柔韧的果肉，这肉不是松软的那种肉，咬起来是一种和皮一样紧致的感觉；最后就是它的风味了，香，甜，微酸，甜而不腻，越嚼越香……[2]

　　说来也奇，古梨园所产的是两种特性相反，功能却相近的梨。一喜阴，一喜阳，一宜冷饮，一可热食，却同样滋阴润肺、止咳化痰。正是古梨园中的冰火两重天。

　　说到软儿梨，朱家楠同学也是再熟悉不过的，作为半个青海人，软儿梨不但是他最喜爱的水果，更承载着他童年美好的回忆。朱家楠回忆说："小时候，每逢周末，都要跟妈妈去姥姥家，有时便有软儿梨吃。我们吃软儿梨定然是傍晚的时候，太阳将要落山，西天一片晚霞。这时，大人便从冰箱里拿出十几个软儿梨，放在一个盛满凉水的搪瓷盆里，让它慢慢解冻，这时我肯定在和表哥玩。不一会儿，大人便会叫我们：'吃梨啦，软儿梨！'我们就颠颠儿地跑过来，姥姥、姥爷、妈妈、舅舅、姨姨、表哥和我，大家就围坐在桌子旁，吃起软儿梨来。有的软儿梨已经化透，拿起来吃就好，有的软儿梨外面还结着一层冰壳，需要把冰壳敲破才能开吃。软儿梨最好的吃法便是这样——冷饮，我们敲破冰壳，将梨子咬破一个小口，吮吸里面的果汁，而果肉也大都化成果酱，被我们一并吸进嘴里，味道甘美、酸甜、爽口、清香，既清凉又解渴，如果恰逢夏季，饮上那么一口，简直美味至极！"

　　朱家楠同学还给我们讲了很多他在魏大妈家吃软儿梨的经历和感受。

　　初到什川，听说什川盛产软儿梨，心里便激动了起来，同时也产生了疑问，什川的软儿梨与我故乡的软儿梨会有什么不同吗？

　　我们小时候也把软儿梨叫冻梨，这个名称也还算贴切。而在什川，软儿梨更是有诸多别名，也叫香水梨、香妃梨、化心梨。化心梨是说梨的果肉解冻之后会化开为果酱，香水梨是形容梨果汁的香甜，香妃梨则得名于李世民、魏征与软儿梨的故事。有如此多形象贴切的名称，则可知什川果农对软儿梨的喜爱。

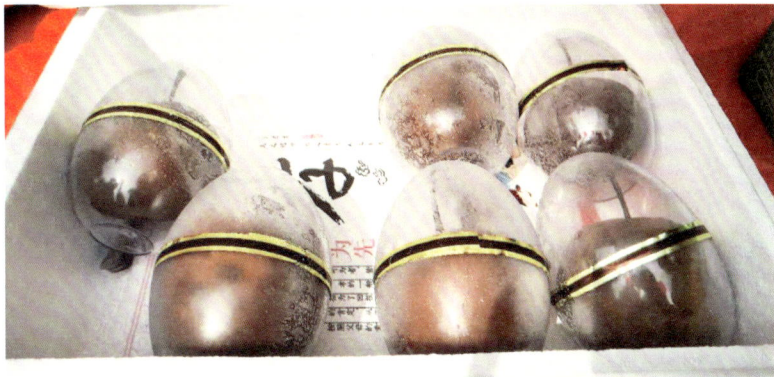

真空包装的软儿梨

在什川第一次吃到软儿梨是在魏大妈家，魏大妈听了我童年的往事，便从冰柜里拿出两个软儿梨让我品尝。梨一拿出来，便吸引了我的注意力，"大"，这是我对什川软儿梨的第一印象，小时候吃的软儿梨大约只有网球大小，可眼前的软儿梨，却足足有前者两倍大小。"咦，怎么这么大啊，我吃过的软儿梨才这么大。"我用手比画出一个圆圈，奇怪地问魏大妈。"我们这的软儿梨就是大，一个是管理得好，再一个是黄河边上，水肥不缺，就长得大。"魏大妈回答道。我才恍然大悟，但随即心想："大不一定好吃，到底怎么样，还要吃过了才知道。"只见到魏大妈把梨分别放在两个空碗里，我又感到奇怪了："魏大妈，不用水把梨泡化吗？这样晾着是不是化得有点慢？""不能用水泡，用水泡化是错误的吃法，好多外地人都用水泡，这个软儿梨发酵的时候有一个糖化的过程，你用水一泡，它香甜的味道就淡了好多，传统的吃法就是等它自己化开再吃。"魏大妈耐心地给我解释。我半信半疑，难道我以前的吃法都是错的？在等待软儿梨化开的时候，魏大妈给我讲了很多关于软儿梨的知识。软儿梨刚摘下来的时候是青绿色的，皮厚、肉硬，吃起来又酸又涩，所以没人会吃刚摘下来的软儿梨。将梨摘下来后，则是放在室外的一个透气的笆子床上，经过秋天，梨则会变成金黄色，这时梨已经变软，可以食用了，当地人俗称"糖杏儿"，表明软儿梨已经糖化。这时梨肉酥软，吃起来也是香甜可口，最大的缺点就是不易运输，所以大部分软儿梨则是放到了冬天。冬天一到，软儿梨经过寒冬，就会变成黑褐色，被冻得硬邦邦，活像一个铁疙瘩，扔在地上都会砸得梆梆响。这样一个黑黝黝的铁疙瘩，不了解的人谁都不会认为它能吃。所以软儿梨的销售地也比较窄，只有甘肃、青海、宁夏、新疆，以及东北三省等少数几个省份的人会买。"有些地方的人则不会买，他们看这个梨是黑色的还以为坏了呢。"大妈有点无奈地说。聊着聊着，软儿梨也化得差不多了，我忍不住拿起一个，咬破一个小口，吸了一口梨汁。嗯，香！就是这个味道，记忆中的味道，冰凉可口，酸酸甜甜，清香无比，梨大并没有影响其口感，反而好像更加香甜几分。一股冰凉的香水从喉咙里灌入，整个肺部都好像清新了好多。一个字：爽！

临走时，大妈硬塞给了我两个大软儿梨，我一是推不过，二是也贪恋这样的好梨，就收下了。回到家，梨子早化成了香浓的梨汤，也就是当地人所说的"香水"。我把它们分别装在两只碗里，我爷爷见了，打呼道："嘿！软儿梨！这可是个好东西！"高兴的心情溢于言表。10分钟后，两个梨便被我风卷残云般吃进了肚子。

冬果梨是什川的另一大特产，成熟的冬果梨色泽金黄，香脆可口，且可熟食，蒸煮均可。这种蒸煮食用的冬果梨，当地人称"热冬果"，在兰州及其周边地区极其风靡，尤其是在它的主产地什川。初次听说冬果梨可蒸煮食用时，我倒是没有大惊小怪，煮梨食用不是很常见吗？最普遍的便是冰糖梨汁，梨切片加入冰糖熬煮，或者讲究些的人，加些银耳、枸杞、红枣之类的食材也不是没有的，甚至现在市场上普遍贩卖、风靡一时的塑封饮料中，就有一款"冰糖雪梨"。于是，我对"热冬果"付之一笑。可后来听说了热冬果的做法，我便不淡定了，十分想品尝一下，然而一直无缘尝到。

什川的热冬果是将冬果梨去核，然后将猪油、花椒、冰糖、红枣、枸杞等作料放入梨中，将口封好，或蒸或煮半个小时后再食用。大家应该都尝过冰糖梨汁的味道，但加了猪油和花椒，想必大家也和我一样想象不出这梨是什么味道了。这种食用方法似乎只是其一，制作出来的梨保持了原有的形状，还是以吃梨肉为主。还有一种制作方法，是用相同的作料，与梨一起在水中熬煮数个小时，将梨熬烂，既吃梨肉，又喝梨汁，香甜可口，大冬天来一碗热冬果，瞬间全身便暖和了起来。

冬果梨蒸煮热食，不但与软儿梨冷饮的食用方法大相径庭，连储藏方式也迥然不同。软儿梨喜寒，所以其储藏的整个过程都在户外，严寒也不能伤害它，只有到了春天，冰雪融化，才要将没卖出去的软儿梨放入冰柜中，以免其融化。可冬果梨却不同，其天生娇嫩，经不得冻，果皮也不能破损，否则不但破损的个体会坏掉，还会影响其他冬果梨。冬果梨储存的时候要格外小心，秋天可以将其储存在温暖的房间中，让它"出汗"，这是类似软儿梨发酵的一个过程，出过汗的冬果梨会愈发香甜。而天气稍冷，则要挑选出完好的冬果梨，将它们移入地窖，此后冬果梨就要在地窖中度过整个冬季。冬天地窖口常封，在不必要的时候是不会打开的，这是为了保证地窖的温暖。冬果梨的最佳储存气温为0℃～3℃，一旦气温过低，冬果梨就有冻坏之虞。地窖底部最好垫一层石头，而且地窖必须有一个通风口，这样冬果梨才能透气，不会被二氧化碳伤害，变成"废儿"。只有在种种条件都满足的情况下，冬果梨才能完好地储存下来，在寒冷的冬季，什川果农才能吃上一口热冬果。

古梨树

　　说到冬果梨的储藏，就不能不提什川的地窖。什川的地窖也是大有学问的。在什川，家家户户有地窖，我就曾参观过苏大叔家的地窖。在离开苏大叔家的时候，我向大叔提出了下地窖参观的请求。"可以嘛！"大叔爽快地答应了，并且给我开了地窖里的灯。地窖里用的是白炽灯，开关在上面，下去前要先把灯打开。我顺着楼梯向下走，楼梯是土楼梯，但两边的墙和地窖的洞口是用砖砌成的，更加稳固。地窖里面很大，不是想象中一个圆形的小空间，而是长方形，约有10平方米，上面的顶呈拱形。里面堆放着很多苹果和梨，还有一些杂物。出来后我问大叔："咱们这个地窖是没有门的吗？平时就是开着的吗？""那不是，平时不用的时候就把洞口盖住。不然，天冷的时候要是风吹进去了，就会把果子冻坏了。地窖里（必须）是很暖和的。"大叔回答我，"一般地窖洞口都是垂直的，是一个圆洞，用一根绳子或者梯子上下。我年纪大了，不方便；再一个，家里院子也大，我就把它弄成楼梯了。""我看咱们地窖的顶是个拱形的，都是这样吗？"我又追问道。"那是，都是拱形的，拱形结实，上面要盖房子，不结实塌了咋办。"大叔边说边用手比画出一个拱形，"有些地窖拱的弧度大，一辆卡车上去了都压不塌。"

勤劳智慧的什川果农用地窖呵护着冬果梨，冬果梨也在严冬中反哺着什川果农，没有什川地窖，哪里吃得上这么好的热冬果。

什川的软儿梨和冬果梨一冷一热、一阴一阳，如什川地形天然形成的太极图中的两极一般，世代滋养着什川果农，如要赞颂，则将这两首诗连颂最好："冰天雪地软儿梨，瓜果城中第一奇。满树红颜人不取，清香偏待化成泥。""北风吹雪花朵朵，一碗梨子一炉火。如愁软儿解渴寒，请君试尝热冬果。"

注释

[1]　苏义秀：《记忆中的梨园果味》，微信公众号"老魏的新视界"，2018年11月24日，https://mp.weixin.qq.com/s/fFuUFdGQC701etyhYLEfSA。

[2]　魏著新：《家乡的味道（2）香水柔柔》，微信公众号"老魏的新视界"，2018年11月21日，https://mp.weixin.qq.com/s/Wni-RZzl6n0eAVpxXJAEWg。

梨园保护

12

近些年来，古梨园却悄然发生着改变，这些改变或许并不像黄河水患的冲击那么迅猛，但同样是势不可当的，对于古梨园来说，甚至是前所未有的劫难……

一、从一次水灾说起

对于什川来说，黄河养育了这片梨园，也养育了什川人。当她温顺时，便会滋养这片土地，然而，当她暴怒时，也会给什川带来灾难。

采访魏著新先生时，他向我们讲述了什川人与黄河之间曾有的恩怨。他说，当初，人们举家迁至什川小镇，是希望黄河流经此处能够滋润这片沃土，使庄稼茁壮成长，进而获得好的年景。但是，往往事不如人愿，黄河为害时有发生，给什川的百姓带来了严重的灾难。百多年以来，黄河发大水的频率很高。不过，令什川人印象最深刻的是清光绪三十年（1904年）大水灾的故事，一代一代口耳相传，也警示着当地的每一个人。

老魏说，小时候长辈们提到那次水灾无不感慨万千：那是清光绪三十年（1904年）的盛夏时节，连续7日大雨，山洪来势迅猛，无力阻挡，山上的大树、泥石、麦垛、干草……几乎所有的东西一涌而下，使黄河水量暴涨，最终冲破堤岸，涌向村庄。据统计，当时洪峰流量最大可达8600立方米，洪水所到之处，良田、房屋皆毁于一旦，被洪水卷走的什川百姓更是不计其数。这是什川历史上遭遇的最大一次水患灾害，清末进士王世相（西固城人）于什川被淹后的第二年游皋兰什川堡登魁星阁时，曾赋诗一首："高岗立马豁今眸，什字平川一望收。闻道千年成泽国，万家烟火几浮鸥。"反映的就是那场大水灾过后的凄惨景象。

听罢老魏的讲述，驻足在黄河边，看着河水静静流淌，不禁思绪万千。我们无法体会面对灾难，什川百姓是怎样复杂的心情，是恐惧，是怨恨，是苦闷，还是叹息？但是我想，失去家园的痛苦并没有阻碍什川人重建家园的信心，他们同心同德，共同努力，重建家园的同时，更加积极地恢复生产。洪水无情地冲毁了家园，但是，数百年来深深扎根

古梨园雪景（什川古梨园保护中心提供）

在黄河岸边的老梨树却像是有神灵佑护一般，依旧傲然挺立！什川人苏义秀女士回忆道："人畜伤亡过半……堡子城墙被水淹没了一人多高，还有那些饱经风霜的梨树，傲视群雄，在大水浸灌时坚强地挺立着，为人们带来生的希望。"只要梨树还在，希望就在，什川人就什么都不怕了。他们明白水车的重要性，因此在灾害来临之际，人们用木桩拴着粗绳将水车绊住，以防止水车被洪水冲走。梨树还在，水车保住了，来年的收成也就保住了。洪水过后，什川人对于祖先当初种植梨树的英明选择更加敬佩，对老祖宗开创并护佑的这方古梨园也倍加珍惜。

于是，他们在古梨树旁边栽植新的梨树，扩大梨园面积，并按照祖先留下的古法栽培技术，一丝不苟、丝毫不敢懈怠地继续当着"天把式"，继续种"高田"，此后的100多年里，他们敬树如神，一代又一代梨园儿女守候在老梨树身旁，他们要把梨园文化发扬光大！

因而，到清朝末年，什川梨园的面积已达2000多亩。直到今天，果树生产都是当地的支柱产业。据《什川史话》载："有的果农将收下的梨卖钱，有的果农将梨贮藏，冬闲时用驴、骡等牲畜驮运到百里外的产粮区，以梨换粮，换植物油，运回来做口粮。梨的收成关系着千家万户的生活。"民国时期，黄河岸边的水车数量增多至12辆（东岸8辆，西岸4辆），梨园面积也扩大到了3000亩。[1]同时，果农对果园的管理也更加精细，刮树皮、树干涂泥、堆沙防虫等方法已经普遍运用于病虫害防治。此外，改进后的云梯技术也得到普及。20世纪70年代，什川人开始修堤筑坝，此后，又修建了小峡水电站和大峡水电站。如今，古梨园被日本植物学家赞叹为植物界奇迹、全球罕见的活体植物标本、难得的梨园博物馆，2013年正式录入《吉尼斯世界纪录大全》，被誉为"世界第一古梨园"，同年，还被评为第一批中国重要农业文化遗产地，古梨园不仅为什川，也为人类留下了一份宝贵的文化遗产。

回过头来，再看那场水灾，它带给什川人的当然是灾难，但从长远来看，又何尝不是一种警示呢？

二、前所未有的危机

虽然黄河泛滥时给古梨园带来的灾难是沉痛的，但是，随着黄河

衰老的古梨园（什川古梨园保护中心提供）

堤坝、大小峡等水利设施的兴修，黄河很难再为患一方。然而，近些年来，古梨园却悄然发生着改变，这些改变或许并不像黄河水患的冲击那么迅猛，但同样是势不可当的，对于古梨园来说，甚至是前所未有的劫难。在古梨园调查期间，我们了解到一些不利于古梨园发展的现象。

首先是古梨树遭到砍伐。什川近年发展得非常快，每次去什川都能看到不同的面貌，而最大的不同是：街边某处的古梨树不见了，取而代之的是或正在营业或正在修建的二层小楼。甚至有一次，第一天路过时还看到的两棵老梨树，第二天再路过时树已经被砍倒，旁边的工人正在热火朝天地挖着房屋的地基。在调查中，当地人告诉我们，近些年古梨树偷偷被砍伐的现象其实非常严重，街边的古梨树被砍伐修建店面、古梨园中古梨树被砍伐修建住宅的现象比比皆是。因而，古梨树的数量正在逐年减少，古梨园的面积也在逐年减小，用什川果农的话说："以前在高处眺望什川，梨园和住宅区明显分隔开，梨园就是一片绿色。现在眺望什川，梨园中混杂着大片大片房屋。"而近几年梨园旁边出现的别墅区，更让古梨园显得有些怪异。

其次是古梨树被撂荒。20世纪80年代以前，梨园经济是梨园人的主要收入来源；80年代以后，栽培管理的梨树经济效益相对于其他产业开始下降，果农仅仅依靠梨树很难满足生活需求，甚至入不敷出。而什川果农生产经营方式的多样化，也使梨园不再是果农唯一的经济来源。同时，大城市的虹吸效应，使年轻人都外出打工，果农老龄化现象严重，古梨树无人管理甚至被撂荒。在什川调查期间，往往会看到古梨树下杂草丛生，枯枝败叶满地，而树干老皮龟裂、发黄枯萎的情况比比皆是。梨树的寿命一般在100年以内，什川的古梨树之所以能够长寿，是因为什川果农祖祖辈辈妥善而精细的管理，而一旦被撂荒，暴条丛生，虫害肆虐，即使不去砍伐，这些梨树恐怕过不了几年就会死亡。

再次是管理不当。很多果农为了追求收益和产量，在古梨树管理上，放弃传统的古法种植技术，过度采用现代种植方法。不注重授粉树的使用，而是在梨花盛开后，大量使用保胎药，导致果实品相难看；梨树生长过程中，大量施用化肥，使梨树生发过快，又不注重修枝整形，不仅影响果实品质，影响枝条发育，造成树体营养失衡，也影响了土壤

无人管护的古梨园

的肥力；为了防治病虫害，过度使用农药，不但使梨树结出的果实质量下降，长远看来，还危害了梨树的生长，打破了古梨园生态系统的平衡，对古梨园的可持续发展更是一种危害。

最后是旅游管理不规范，造成游客对古梨树的破坏和污染。2017年4月中旬的梨花节，什川两天的游客总量达到了5万人左右。然而，由于什川的旅游硬件设施并不齐全，旅游管理跟不上，游客走后，造成田地、菜园被践踏、梨花被随意采摘、垃圾随处可见等惨状。我们采访当地的老百姓，他们纷纷表示苦不堪言，游客的到来除了给部分人带来了利益，大部分果农不仅没有任何收益，反而还要收拾游客走后的残局，不仅梨花、梨树被糟蹋，还造成了其他经济损失。来什川旅游的游客是来消费古梨园的，他们并不如什川果农那样爱树，同时，也不懂树，任意践踏梨树下松软的黄胶泥土地、摘花、爬树拍照、乱丢垃圾等行为都对古梨树造成了一定程度上的破坏，而有些农家乐的老板掠夺性开发古梨树的经济利益，在古梨树上做秋千，古梨树下摆茶摊等，更助长了游客的破坏行为。

另外，还有水的污染。用当地果农的话说："以前的黄河水，捧在手里都是清澈的，舀上来，稍微沉淀一下，就可以喝，现在不行了，污染太严重。"有些年甚至出现黄河水一浇地，果农种植的辣椒就死了的现象。对于梨树的破坏也就可想而知。

此外，果农对种植梨树失去了信心。在什川调查期间，总能不经意间听到果农的心声，感受到他们的无奈和不易。

一位在兰州工作的什川人魏女士说："看到我的乡亲拉着小车在兰州城里卖梨卖桃，被城管赶得满街跑，由不住地心酸。""什川大部分果农靠零售才能卖到比本地收购高近一倍的价。尽管什川离兰州不过20公里，但路不好走，走迟了，三马子（三轮农用车）不让进城，市场上摊位有可能抢占不上。所以卖果子的人一般凌晨三四点钟就坐上三马子和农用车出发了。交通部门规定三马子不让坐人，还有人在查，但大多数果农明知道危险还得坐。卖果子的大部分是四五十岁的中年妇女，每天起早贪黑，风里雨里，不是一般的辛苦。夜晚乘车危险，白天农贸市场没法进去，只好在大街上卖，远远看见城管车就跑，轴承小车笨重，拉个大筐跑不快，车和秤常常让执法队收走。"

一位孩子在外地打工的陶姓果农除了自己种了3亩梨树，还代种别人家的。他说，一年四季就没闲过，挖地、施肥、浇水、打药、疏果、修剪、采摘……活儿多得很。老陶妻子有病，父母都七八十岁了，地里树上的活儿全是他一人干，每天开个三马子到处跑。"一年下来卖了万把块钱，还要投入化肥农药，投入高，产出低，不如到工地打工。"

一位大妈这样说："孩子都出去了（进城打工或考学去外地），家里只剩下老幼病弱，扛不了梯，老果树上不去了。老百姓挣点钱不容易呀，我明年也外出打工了，梨树就让别人看护吧！今年这场雪下得几乎没有收成，我这还有一大家子要生活，梨树是指望不上了。"

一位20岁左右的小姑娘说："我从小学习不好，所以初中毕业就外出打工了。家里有梨树，但根本支不住家里开销。每年果子卖不上价钱，农活又特别累，而且还危险。年轻人与其困在村里还不如去外面打工呢！"

一位"天把式"大叔说："比如今年（2018年）这场雪，好好的果

位置窘迫的古梨树

子还没有长好，本来按照往年的节气还能长几天，结果今年这场雪迫使果子全摘了，有的家里没有及时摘的，全都在树上冻坏了。整整一年的收成就毁于这一场大雪。你想想，出去打工也不至于如此结果吧？"

一位在兰州工作的什川人魏先生说："梨树经济效益下降，投入大，产出小，果农就把梨树看淡了，不爱树了就会砍树，即使不砍，也不爱操心了。""老梨树一般都10多米高，比作业较小梨树或其他果树要困难得多，但是，'天把式'老龄化，很多老把式干不动了，年轻人又大多出去打工，'天把式'技艺无人传承。梨树得不到好的管理。况且，政府一年100元的补贴，让果农提不起劲儿来。"

在什川调查期间，面对短期内亲眼见到的上述种种现象，总有一种隐约的担忧。当初，梨园人的魏氏先祖来到什川，开创了这片宝贵的梨园，后来人们敬树如神，并用智慧与汗水浇灌着梨树，而"人敬树一尺，树敬人一丈"，梨树又用其果实养育着勤劳的梨园人，人树相依，不离不弃，才使得古梨园延续了数百年之久。可如今的古梨园却面临着前所未有的危机，如果长此以往，正如当地热爱家乡、热爱古梨园的有识之士所感慨的那样，用不了多久，恐怕这一具有极高的生态价值和人文价值的古梨园奇观将在黄河边消失。什川古梨园农业文化遗产是世界的瑰宝，因而，它的保护与发展需要梨园人的努力，也需要受到各方人士的共同关注。

三、路在何方？

其实，早在2013年，什川政府就成立了什川古梨园保护中心，出台相关政策，拿出专项资金对什川的古梨树进行保护。但是，收效甚微，古梨园依然受到被砍伐的威胁。

梨园与茶园

　　2015年9月，什川一群热爱家乡的人联合皋兰县什川镇政府和古梨园保护中心共同发起了一场保护古梨园的宣传活动。《兰州晚报》编辑记者、资深媒体人、什川著名文化界人士、兰州市魏氏文化研究会代表人物魏著新先生开通网络平台"老魏的新视界"，专门用以宣传古梨园，呼吁各界人士保护古梨园，很快这一平台便聚集了众多热爱什川关注什川的人为古梨园发声。他们首先通过平台，公开发表《保护什川古梨树倡议书》《致什川父老乡亲的一封信》，得到社会各界的响应与支持。同时，什川小伙魏帅组织年轻人自费印制《致什川父老乡亲的一封信》，在梨园张贴、散发，为老百姓讲解什川古梨园的生态价值，呼吁当地百姓共同保护古梨园。镇政府也发出《关于禁止违法建房、自觉保护古梨园的通告》，明确规定严禁在古梨园耕地内违法建房，并呼吁人们自觉保护古梨园。同时，甘肃电视台、兰州电视台、搜狐网等也都对什川古梨园进行了专题报道，并从黄河文化的高度深入挖掘古梨园的生态与旅游价值，在社会上引起了强烈反响。同年12月，中央电视台国际频道《远方的家——长城内外》摄制组到古梨园进行专题拍摄，节目的播出又是对古梨园文化的大力宣传。此后，宣传古梨园、呼吁保护古梨园的声音越来越多。

2017年，金城魏园文化建筑群在什川落成，同年清明节，魏园举行了首届金城魏氏祭祖大典，祭祖大典以传扬魏氏家族文化为主旨，以宣传古梨园文化为目标，聚集了全国各地魏姓人士数千人，捐资捐款，共同为什川古梨园的建设与保护贡献力量。2018年4月5日，"什川古梨园人文生态博物馆"在魏园建成并正式开馆，这是首个以古梨园历史与古梨园农耕文化为核心的博物馆，通过文字、图片、视频、实物等资料，集中展示了古梨园的生态文化和历史演变。博物馆的建成，对古梨园文化的保

人与树相互扶持

护与传承具有重要意义，是古梨园保护工作迈出的重要一步。

在古梨园的保护问题上，政府、民间以及学者们都进行了有益的探索。2017年，魏著新先生发表了《破解什川古梨园保护的难点》[2]一文，指出古梨园保护存在三大难点：一是生产技艺面临失传的危险，二是生产效益出现倒挂现象，三是旅游业没能给果农带来实惠。鉴于此，他认为什川古梨园最直接的保护者是当地的果农，为果农生计谋才是古梨园保护的根本。魏列杰、魏公河先生发表了《兰州市皋兰县什川古梨园保护之我见》[3]一文，分析了古梨园保护中存在的问题，并从更细致的技术措施上对古梨园的保护提供了切实可行的建议。2018年，宋宁艳、卫丽发表了《甘肃什川古梨园农业文化遗产保护与开发策略研究》[4]一文，着重从农业文化遗产视角分析什川古梨园的文化、科学、生态、药用、历史等多方面价值。此外，"老魏的新视界"平台上还发表了众多民间人士的保护建议，都有很好的启发作用。

在各界人士的共同努力下，对什川古梨园的保护工作被纳入立法工作日程。2018年底的甘肃省十三届人大常委会第七次会议上听取了《兰州市什川古梨园保护条例》（以下简称《条例》）的说明。《条例》将树龄达到80年的古梨树纳入保护范围。鼓励单位和个人捐资保护或者认养古梨树，并享有捐资、认养期限内的署名权。《条例》规定对古梨树实行挂牌保护，并根据实际需要设置保护栏、避雷装置等相应的保护设施。古梨树保护牌应当采用二维码等电子方式标明古梨树的名称、学名、科名、树龄、编号、养护责任单位或者个人、设置时间等内容和信息。自此，对古梨园的保护进入到法律保护阶段。当然，古梨园的保护工作任重道远，还需要长期的坚守与切实的执行。

注释

[1] 魏孔毅、魏荣邦主编，《什川史话》，甘肃文化出版社，2011年，第10—13页。

[2] 原载：《兰州发展》2017年第5期，原文见本书《附录》。

[3] 魏列杰、魏公河：《兰州皋兰县什川古梨园保护之我见》，微信公众号"老魏的新视界"，2017年6月22日，https://mp.weixin.qq.com/s/DC-rbUZJbuvrKB0aewpFSA。

[4] 原载：《古今农业》2018年第2期，原文见本书《附录》。

从祖师爷到树神、花仙—— **13**
什川农民的守护神

祖师爷、老槐树、树王和树后、梨花仙子分别从什川的水灾、祖先纪念、梨树、梨花中衍生而来，并逐渐成为什川人的精神信仰。虽然祖师爷的地位已然不复往日，但什川的树神和花仙会与什川长存，并将通过精神信仰和梨园发展支持着世世代代的什川人……

　　自古以来，中国的神话传说中万物就各有其主宰，天神有皇天，土地神有后土，农业神有后稷，这些主宰作为某一领域的守护神，通过地方上的民间信仰活动，护佑着一方百姓安居乐业。这种观念在古代农业社会中普遍存在，在传统生活中具有重要作用。什川位于黄河臂弯，常年被黄河水滋养，加上风调雨顺，是一处理想的农耕家园。但由于地处黄河边上，水灾会对什川农民生产生活产生重大影响。因而，在水利不够发达的过去，对于什川老百姓而言，最期盼的就是黄河能够风平浪静，不再为害一方。什川有一种祭拜"祖师爷"的活动，就是这一特殊民间信仰的体现。

　　魏兴乐老先生不但是甘肃省省级非物质文化遗产铁芯子制作技艺代表性传承人，还是一位熟知什川民间传说的人。通过他，我们了解到，民间传说中，什川水利的守护神是"祖师爷"。魏老先生说："我们这儿原先有一个祖师殿，供奉着一位祖师爷，如果发生水灾，人们就会去拜祖师爷，请求他消除水灾。"

　　魏老先生所说的祖师殿在文献资料中是有记载的，据《什川史话》记载，什川原名什字川堡，其主要区域是以老槐树为中心的什字街道，外围区域有城墙，而在城楼上，则修建着诸多庙宇，数量之多，可谓当时兰州之最。其中有一座真武楼，又叫祖师楼，还有一座真武殿，叫祖师殿，供奉着"祖师爷"，也就是真武大帝。"真武殿（祖师殿）位于北城墩上，略高于真武楼，坐北向南，为卷棚歇山式砖墩土木结构，三开间，宽约8米，进深约6米，高约7米。正中供台上端坐真武大帝塑像，当地俗称祖师爷，金面披发仗剑，神情端庄而威严。供台高约1米，塑像高约2米。真武像前两侧分别塑有二郎神、黑虎神、雷震子等8尊站立神像，均高约2米，微前倾，形象威严。殿外台阶东西两旁摆设有大鼓及铸铁大钟。真武楼与真武殿浑然一体，整座建筑层层飞檐高挑，气势恢宏，玲珑壮观，每个檐角分别挂有风铃，微风吹来，叮当作响。三层楼建在高2米的依城台基上，更显雄伟。台基三面砌石，正面建2米宽台阶，由打凿精细的长石条铺砌。"[1]

从其建筑规模上看，祖师殿十分宏伟，想必以前的"祖师爷"信仰也应当十分兴盛。魏老先生说："从前，一旦发生水灾，人们必定会去拜祖师爷，祖师爷就是祖师殿里供奉的真武大帝。民间传说中，祖师爷很灵，每当暴风骤雨来临，他袍袖一甩，乌云马上就散了，暴风骤雨也变成了和风细雨，他保佑着祖祖辈辈的什川人民安居乐业。只是，后来祖师殿改成了小学，什川百姓也就不再祭拜了。"

祖师爷逐渐被人淡忘。随着什川小峡水利工程的建成，黄河水在什川段已经变得十分平缓，再也没有发生过水灾。那么，什川还有哪些守护神呢？比较典型的是树神与花仙。

什川的树神有二，一是老槐树，二是梨树王和树后。

对于什川人而言，位于什川镇北庄村什字街的500年老槐树是他们的根，也是什川人的守护神。这棵古槐树围5.2米，高约15米，1987年5月被列为皋兰县县级古树名木予以保护。据魏著新先生提供的清咸丰九年（1859年）魏氏二房第十三代魏德芳编修的《什川魏氏二房家谱》中附有一篇署名为魏氏双槐公八世孙兰谷所撰的手抄本《槐树记》，记载了什川古槐的来历：

王佑植槐于庭前，而子孙显赫；董永遇仙于槐阴，而孝德发皇。他若守宫之槐，叶昼聂而宵抗；都堂之槐，闻音声而入相。槐固属众木之长，应虚星之精而为植物最灵者也，以吾魏氏之发源山西巨鹿郡，固传有槐矣！顾故地之槐不可见，而此故宅之槐，则有不容或忽者。

树槐者何人？养德公之母敬太君也。

太君系前川敬家坪，因归宁而盛于筐，以挢之来，故植于门者。初不过如谚所云：先人栽树，后人乘凉之意耳。及数传而四世孙，有字以双槐者；有字以绪槐者则尔。时之抚树思人固可知矣，况今已历三百年，树更大于十围，高于数仞。远而望之，扶疏轮囷；近而就之，蓊郁阴森；枝干撑天，饶有古趣；浓阴匝地，全无俗尘。况天当春则柔条雨濯，入夏则午阴风清，经秋而黄华绚彩，涉冬而垂实枭零。四时之景不同，而足动人，以流连之慕则也。

原吾门之受阴于斯树者，叶塌麓则培之，以田氏之荆焉可也；光门间则珍之，以窦氏之桂焉可也；绍箕裘而承世泽则爱之，以召伯棠焉尤可。抑又问之，槐也者怀也，若然则惟槐也。固足以系吾怀矣，亦惟怀也！庶可以保吾槐矣，今吾季宗又建宇于其下，吾固知其取于槐也，吾尤乐其有取于怀也，因谨识之以垂永久。

由此可见，什川古槐背后还有一段温情的故事。由于魏氏从山西大槐树迁出，因而有魏姓的地方都有槐树为证，以警示后人不忘来历。什川这棵古槐是榆中县的敬太君在嫁到什川魏氏家族后，省亲时从娘家敬家坪带来的一棵槐树苗。那么，这棵槐树有多少年的树龄呢？

《槐树记》又载：

敬太君系自登公之元配，生于明嘉靖五年十月十八日，即公元一五二六年，卒于万历十四年十月初八，享年六十一岁，生一子名养德。

据此推测，古槐树树龄大约为470年。据当地人流传，古槐曾经历过数次雷击，如今仍能顽强地存活着，并且以枯木回春之势茂盛生长着，枝条交错，叶茂实繁，十分壮观。魏氏二房的祠堂就建在老槐树之下。什川人民对老槐树是又敬又爱，其一是怀念先祖，其二是为求老槐

祭奠古槐

树保佑。

　　说来也是甚巧，有一次我从老槐树下路过，恰巧碰到一位大哥带着刚满周岁的孩子拜老槐树，大哥蹲在老槐树下，给老槐树敬上3炷香，因为孩子还小，所以让孩子趴在地下，象征性地对老槐树祭拜。我看了颇感兴趣，便上前询问。大哥告诉我，家里生了孩子，就来拜一拜老槐树。什川人对老槐树的感情已经上升到了精神层次，老槐树已经不仅是一株从老家带来的思乡树，更成为什川人的守护神。

　　什川的树神还有梨树王和树后。第一次见到树王、树后是魏著新先生带我们去的，来什川两次，始终是没有见到传说中的树王、树后，第三次到什川终于如愿了。树王、树后是什川古梨树中树龄最大，长势也最茂盛的两棵树，一棵是冬果梨树，一棵是软儿梨树。据记载，两棵树栽于明神宗万历五年（1577年），已有448岁树龄，两棵树相距不足50米，枝繁叶茂，树冠高大开阔，树径达4.2米，冠幅约15米，树高11米，每年的产果量仍维持在2000公斤以上。作为古梨园中冬果梨树和软儿梨树的代表，这两棵树被冠以"王"和"后"之名，可见，已经不单纯将其看作树了。如今，树王、树后声名大噪，很多游人专程来古梨园寻觅芳踪。如果说什川古槐是什川人的精神之树的话，那么树王与树后就是梨园人期盼梨园兴旺发达、传之久远的象征之树。给两棵树封王、封后，本身就是对它们的尊

梨园中的婚礼（张铁柱摄）

敬，称之为古梨树之神也是实至名归，它们与老槐树一起都是什川古梨园的守护神。

来到什川会听到梨花仙子的传说。从兰州坐车到什川，未见古梨园，先见梨花仙子的雕像。雕像矗立在黄河对岸，既是古梨园旅游的标

梨花仙子（什川古梨园保护中心提供）

志，也是古梨园的守护者。

关于梨花仙子，有一个美丽的传说。一天王母娘娘在瑶池宴请百仙，她突发奇想，想让百花在天庭同时绽放，于是便对百花仙子传下懿旨，众仙子都不敢不遵，于是纷纷开放。恰巧此时梨花仙子降临凡间，远眺什川，看峡谷秀美、河水环绕，酷似太极，便萌生传授百姓梨树栽培方法的想法。因此，天庭上她主持的梨花没有绽放，王母娘娘得知此事勃然大怒，降旨把梨花仙子贬落凡间。在黄河边将要返回天庭的梨花仙子听到此事，已无心归天，瞬间化作了一座石像，世世代代呵护万亩梨园，保佑什川百姓，年年洒下甘露，催开树树梨花，造福一方百姓。

祖师爷、老槐树、树王和树后、梨花仙子分别从什川的水灾、祖先纪念、梨树、梨花中衍生而来，并逐渐成为什川人的精神信仰，虽然祖师爷的地位已然不复往日，但什川的树神和花仙会与什川长存，并将通过精神信仰和梨园发展支持着世世代代的什川人。

注释

[1] 魏孔毅、魏荣邦主编：《什川史话》，兰州：甘肃文化出版社，2011年，第82页。

盛放在古梨园的清雅之音：兰州鼓子

14

第一次看到兰州鼓子表演是一个梨花盛开的阳光春日，在古梨园的一个茶园里。演唱者和演奏者都是年岁已高的老人，然而，这并不影响观众的观看和他们表演的热情，而在梨花掩映下，琴声和唱腔更显得清雅悠扬，让人久久难忘……

　　第一次看到兰州鼓子表演是在一个梨花盛开的阳光春日，在古梨园的一个茶园里。演唱者和演奏者都是年岁已高的老人，然而，这并不影响观众的观看和他们表演的热情，在梨花掩映下，琴声和唱腔更显得清雅悠扬，让人久久难忘。

　　在我的印象当中，兰州一带流行唱秦腔，却没想到除了秦腔，还有如此动听的民间曲艺。上网查资料，得知兰州鼓子原称"兰州鼓子词""兰州鼓词""兰州曲子""鼓子戏""皋兰腔""皋兰鼓子词"等，真是名目繁多。关于兰州鼓子的起源也有很多说法，一般认为，它以北京八角鼓子为基本原型，传入兰州本地后又吸收了当地流行的陕西眉户、兰州小曲等曲艺的特色元素，是经过长期群体创作而逐渐形成的一种曲艺形式。清朝，兰州地区流行的北京八角鼓子和陕西眉户，主要在茶馆酒肆、私宅庭院，三五人闲聚，兴起而唱，内容大多是颂扬历代英雄好汉的风云传奇和才子佳人的曲折爱情。后来，南方移民、民族融合、军队换防等因素，间接或直接促进了南北音乐在兰州地区的相互交融与渗透，最终形成了兰州鼓子。清代道光、咸丰年间，兰州鼓子在八旗子弟、上层阶层中传唱，直到同治、光绪时期，兰州鼓子通过各种方式走出深宅大院，走向民间，进入了它的全盛时期，尤其在皋兰县，"时以皋兰县府门前之一茶馆为冠。凡善唱词曲者，置身此间，即有一登龙门，身价十倍之势"。[1]

　　值得一提的是，据学者研究，兰州鼓子在清光绪年间曾有两次重要的演唱活动：一是当地政府官员在兰州府筵请鼓子演唱者举行盛大的演唱赛会，使它身价大涨，风靡一时；二是兰州鼓子随军入京演出，蜚声京都曲坛。由此可见，兰州鼓子已自成一体，成为一种具有地方特色的成熟曲种。兰州鼓子经过200年的发展，逐渐从深宅大院向民间传播，从城市的茶馆酒肆逐渐走向乡村田园。流传的区域除了兰州，还在皋

古梨树树王

兰、榆中、永登、临洮、定西和临夏等地流传，什川也是其中一个重要传唱地。

如今，什川古梨园的茶园和农家庭院里的鼓子表演，虽然场景简单，但仍保持清雅的格调。坐唱是鼓子演唱的主要形式，可单口，也可多口，不过，什川的鼓子经过兰州鼓子传承人陆孝兰先生的创新，已经

古梨园

改为站唱了。此外，还有帮唱。伴奏乐器以三弦为主，辅以扬琴、琵琶、二胡、古筝、笛子、月琴等乐器，有时也有小月鼓、碰铃等打击乐器。但是，鼓子里并没有锣鼓、唢呐等北曲中常用的乐器，而且，据学者王正强的研究，兰州鼓子分为由八角鼓子牌子曲发展而成的"鼓子腔系"和眉户牌子曲发展而成的"越腔系"两大类。因而，鼓子音乐不会像秦腔等北曲那样喧闹，反而婉转悠扬，与古梨园古朴清雅的风格格外协调。什川鼓子表演的经典曲目主要有《草船借箭》《韩英见娘》《岳母刺字》等民间历史故事，近些年随着什川旅游业的发展，陆孝兰先生在当地创办了"兰州鼓子培训班"，并演绎了《赞什川》等现代地方特色剧目。兰州鼓子具有雅俗共赏的特点，其唱词既有古典诗词的典雅自然、委婉清幽、率真奔放的艺术特色，也有古朴白描、口语化的民间乡土风格。

什川的兰州鼓子表演没有什么禁忌，其师承规矩比较宽松，据陆孝兰先生说，兰州鼓子词曲因为通俗和浅显的特点，即使是目不识丁的老百姓也能唱，在田间村头、炕头院落，随时随地都可以唱上一段。他自己就是在劳动时听别人唱再通过自学习得的，当然也有专门拜师学艺的。不过，什川的兰州鼓子培训班的成员则都是在别人演唱时，通过模仿、记忆、口传身授等方式进行学习的，而且无论男女老幼都可以学习，没有任何性别等歧视。可能正是兰州鼓子的这一普及性特点，鼓子在什川百姓中十分受欢迎。虽然如今演唱鼓子的基本上都是老年人，但是兰州鼓子仍然是古梨园人的重要精神文化。陆孝兰先生说："兰州鼓子最适合在古梨园里唱，游人走累了，就在梨树下坐下来，喝点茶，歇歇脚，听听鼓子，多惬意呀。"其实，据我所知，陆孝兰和他的鼓子班不仅在古梨园里唱，黄河游轮开通后，他们也会在游船、画舫上唱，什川有文化活动时，他们也唱。兰州鼓子，与什川古梨园一样拥有悠久的历史，数百年来，共生共存，共同发展，也希望这一极具地方特色的非物质文化遗产能够与古梨园一起发扬光大。

注释

[1] 任重：《兰州鼓子：艺苑奇葩、金城正声》，《甘肃日报》，2018年2月27日。

别样的古梨园新年 15

寒冬腊月，临近年关，我从兰州驱车至什川，一路上朔风猎猎作响，荆秦遍布郊野，但一至什川镇便感受到了十足而别样的年味儿……

　　什川镇是一座颇具历史文化底蕴的古镇，这里不仅有闻名遐迩的古梨园，也有着传承千年的独特年俗。为接近这一古年俗文化的"活标本"，我特意赶往什川走访当地居民。

　　寒冬腊月，临近年关，我从兰州驱车至什川，一路上朔风猎猎作响，荆榛遍布郊野，但一至什川镇便感受到了十足而别样的年味儿。那里的居民纯朴、热情、好客，一户人家听说我为了当地的独特年俗而专程来访，便盛情邀我至家中。这户人家共有7人，除户主夫妻和3个子女，还有2位老人。腊月二十三，中国大部分地区还正是"小年"节，什川人的"年俗"便已开始了。清晨，天刚蒙蒙亮，家中的女主人便将所有的房间打扫得一尘不染、窗明几净，之后做好了12个灶甜饼，这是当晚给灶神的祭品。她向我介绍说，这在当地的年俗中象征着12个月份，代表了村民们对于灶神的敬畏，也代表了对来年甜美生活的期盼。在上祭品的同时，还要为旧的灶神换新衣，这象征着新年新气象。与其他地方一样，什川人过年也有杀猪的习俗，不过杀猪没有规定的日子。我这次走访正巧赶上，户主夫妇两人请来了专业的屠夫，当地的风俗一般是把大肠送给屠夫做报酬。男主人对我讲，邻里们一般会比一比谁家的猪膘更多，因为当地居民认为这能说明家底是殷实还是寒酸。

　　什川人钟爱面食，这与很多北方地区别无二致。不过他们吃的都是"长面"，擀长面需要全家妇孺的集体合作。虽然早已有了现代化的压面机，但是什川人还是沿袭着这一习俗。制作长面时，尽管程序比较复杂，费时费力，但是全家人乐此不疲。整整一天，他们忙忙碌碌、和面、揉面、擀面、切面，再到最后的晾面，有序分工、默契协作。长面是什川人过年时招待亲戚朋友的主食，因此人们在制作时非常细心认真，这体现出什川人纯朴实在、热情好客的性格，宁可自己多累一点，也不能怠慢了亲朋好友。馍馍，这种北方流行的面食，也受到什川人的钟爱，过年时自然少不了。全家人一起做馍馍，更显年节的喜庆气氛。一般是家中老人坐镇指点，妇女们揉面和面，男人们烧火劈柴。做出的馍馍种类繁多，有花卷、包子、金银卷，各式各样，有蝴蝶状、生肖状、花状。做馍馍的主要食材是面粉，但也会掺杂一些糜谷面或者玉米面之类的杂粮。老人们对我讲，做馍馍看似简单，其实很复杂，从和面发面的技巧，再到手动鼓风，掌握火候，没有几十年的工夫是练不纯熟的，全赖当地老人手把手地教，一点一滴地指点，才能将这一门手艺传承到现在。什川人做出的馍馍味道独特，口感甚佳，浓香四溢，不是现代技术条件下生产出的面食能相媲美的。无论是长面还是馍馍，我都能感受到什川人的文化传承并不是浮飘在空中，而是极接地气。

大年三十，是一年中最热闹的一天，他们并不介意我一个外人与他们一同过年。从早上开始，一家人都要换上新衣服，寓意着要涤除上一年的污垢，迎接新一年的开始。在这一天里，男人们要拜神祇，家中老妪要贴窗花，其他女人则忙碌地准备着团年饭，炒肉片，切白菜，然后将萝卜、粉条、豆腐统入锅中做成烩菜，全家人每人一碗烩菜馍，热气腾腾，在寒冬里送来了春的暖意。在年三十的下午，什川人还要祭拜神灵，这在当地的年俗中极为重要，仪式也极为隆重。祭拜有专用的器具，祭台、神龛、香炉、清油灯等一应俱全。不仅祭拜天神，还要祭拜地神、家神。家神指的就是家族中已经故去的先祖。祭拜由家中男主人主持，全家妇孺老少都要参加，以示对神灵的敬畏、对祖先的缅怀。之后要贴对联，对联内容均是新年祝福之语，祝福来年五谷丰登、六畜兴旺。傍晚时分还要祭祀祖先，为祖先烧纸钱，敬点心，祈求祖先保佑子孙后代平平安安。什川人有守年夜的习惯，一家人一起等待着新年第一天的到来，当地有"一夜跨两岁"的俚语。我强忍着困倦、强打着精神，与大家一块儿度过了除夕之夜，尽管颇为疲劳，但是感受到了什川

什川社火（什川古梨园保护中心提供）

当地独特的年俗。大年初一，什川人吃长面，但也忘不了先将长面敬给天神、地神、祖先。在这一天里，小孩子会收到不少压岁钱，也会收到不少糖果点心，他们似乎比年三十还要兴奋。从年初二到初五，是什川人走亲戚、访朋友的日子。去亲朋好友的家里，大家一般会带一些礼物，虽不十分丰厚，但是情义十足。在这几天，什川人会大放鞭炮。他们告诉我，当地有"五穷"之说，也就是志穷、学穷、文穷、命穷、交穷。放鞭炮就是想在新年里将这"五穷"炸得粉碎，期望儿孙后代能够成龙成凤，飞黄腾达。什川的年俗，也体现出当地人民对于知识的渴望，对于改变命运的期盼。他们深信读书是孩子日后的出路，渴望自己的儿孙们通过求学争取更广阔的天地。

正月的前半月里，什川都有赶社火与逛灯会的习俗。虽然不是大都市，但是当地的社火也有着"火树银花合，星桥铁锁开"的热闹，当地的灯会也有着"凤箫声动，玉壶光转，一夜鱼龙舞"的繁华。赶社火的当天，雪花稀稀疏疏，人头攒动似蚁。舞狮、舞龙、高跷等别具特色与民俗色彩的节目让人眼花缭乱。正月十五，当地已经回暖，夜里的灯会热闹非常，人群熙熙攘攘，每个家庭都会带着孩子来参加这年节中最后的热闹。集市上会卖各种食品，焦糖、柿饼、核桃、酥大豆等都是当地有名的小吃，常常使小孩子们缠着大人讨要。灯棚里还会上演中国古典小说、戏曲中脍炙人口的章节。教化万民，熏陶民风，寓教于乐。

正月十五过后，什川人又开始了新一年的忙碌，为了生活，为了发展，他们有的外出打工，有的在家务农。但是无论现实生活如何紧张，在年节时分，他们总是会回到家中，与家人过一个属于他们自己的、传承祖先习俗的年。年节已过，我也不得不踏上归程，这段时间与什川人近距离接触，感受到他们的新年别具特色。他们敬神灵，体现出对"举头三尺有神明"的敬畏；他们拜祖先，体现出对"百善孝为先"的传

社火锣鼓（张铁柱摄）

社火中的小丑（张铁柱摄）

承。他们恪守古老的习俗，使年俗不为现代文明所浸染。这并不是思想保守，而是一种文化传承上的自觉。在他们的身上，我感受到，中华文明的传承就在于百姓生活之点滴；不一定要在于帝王将相、圣哲先贤，也可以在于山野村民之年俗。

🍐 铁芯子：社火中的梨树开花 16

"我们的这个铁芯子在从刚传入皋兰到现在的改造过程中，可能是有意无意参照了梨树的形态，一个就是你刚才说的，不但铁芯子的形状很像梨树，上面挂的娃娃也像结的一颗颗果子……"

　　什川社火在西北地区是非常出名的。为了解什川社火，我们专程赶来，赴一场与什川的传统农耕文化之约。某天下午，我们由兰州出发，坐上了开往什川的大巴，下车便到了什川镇什字街头。一下车，我们就被大街上人山人海的景象给惊呆了，路上挤满了人，有的站在小型卡车上，有的站在石磙子上。原想都是什川的老百姓来看社火，故而有此热闹的景象，可是一打听，才知道很多人都是从兰州或是皋兰赶过来看社火的，他们为了看什川社火，中午坐一个半小时的车到什川，傍晚又坐一个半小时的车赶回去。我们一到什川，还未看到什川社火，就先听到了它的名声。

　　我们往前挤去，到了什川中学的门口，终于看到了期待已久的社火队伍。打头的是一面锦旗，上写着"上车村第一社火队"。然后是彩旗队，由一群小娃娃当旗手，前4面旗子上有龙凤图案。接着是铁芯子，只见一辆盖着锦布的大车上面立着一个画了花脸戴着长须穿了戏服的小娃娃，小娃娃单手拿着一根装饰成桃树树干模样的粗铁棍，铁棍向上延伸长成一棵桃树，树上坐着3个同样装扮过的娃娃，就仿佛下面的娃娃单手举起了他们一样。铁芯子有五六米高，由一群大人推着大车向前缓慢前进。再接着是锣鼓队，最前面是一个大汉挥旗指挥，大汉前面是锣队，后面是鼓队，只要大汉一挥舞起旗子，锣鼓队便配合节奏敲锣打鼓，乐声震天，好不热闹。之后是秧歌队，打头是两人抬的一面大鼓和两名锣手，后面跟着的是秧歌队的大妈和小女娃，前面锣鼓一响，后面就扭起秧歌来。再后面以几个小男娃扮的大头娃娃收尾。表演结束，我们仍意犹未尽，难道这样就结束了？社火虽然非常精彩，但规模未免有点小了吧！看着前面仍然拥挤的人群，我们疑惑地向前走去。没走几步，突然前面又放起炮来，随即响起敲锣打鼓的声音。我们急忙向前走去，待稍靠近一点儿，就又看见了前面高高的铁芯子。原来有好几个社火队在什字街周围巡回表演，每个社火队内容不尽相同，有的有舞狮，有的有舞龙，有的有船姑娘，还有什川的"瓜娃子"，但每个社火队里都必有铁芯子。

看了两天社火，虽然对什川社火有了直观的感受，但毕竟没有更深的了解，于是我们便打算去采访长坡村社火队。第三天上午，我们来到了长坡村村委会，也是这两天长坡村社火队做准备工作的地点。经过询问，我们找到了什川铁芯子制作技艺的传承人魏兴乐老先生。魏老先生向我们讲述了铁芯子的一些具体情况。原来，铁芯子也叫抬子，是从陕西传过去的，刚开始是低抬子，只有一层，经过什川人民的改造，一层一层逐渐增加高度，就成了现在的铁芯子，也就是高抬子。什川6个社火队共有8座铁芯子，铁芯子高6米以上，每一座铁芯子讲述了一个故事，娃娃们扮演成故事里的人物。故事中的主角决定铁芯子上娃娃的数量，少则三人，多则八人（即八仙过海）。最早的铁芯子是由成年人抬着的，现在改用铁质结构的架子车，将娃娃绑在芯子上，更加安全了。

经过两天对铁芯子的观察，我们发现，铁芯子是一根主干上面分出几个枝干上面绑着娃娃，由于里面是铁质的芯子，因而就叫"铁芯子"。它的形态和古梨园的梨树极为相似，我们便问魏老先生："咱们这个铁芯子的形状和梨树很像啊，都是一个主干上面分出几个枝，那它们之间存在着什么关联呢？"魏老先生回答道："我们的这个铁芯子在从刚传入皋兰到现在的改造过程中，可能是有意无意参照了梨树的形态，一个就是你刚才说的，不但铁芯子的形状很像梨树，上面挂的娃娃也像结的一颗颗果子。再一个，我们的每架铁芯子都有两根戗杆，原来道路不平整，坑坑洼洼，可能有时候一歪，上面的娃娃晃得厉害，危险得很，这时候就用戗杆子支撑一下，以保持平衡，这个戗杆子就像我们云梯的戗杆子。"我们恍然大悟，铁芯子和梨树竟然有这么多相似之

处，真是妙极。

　　"那咱们从准备铁芯子到表演的整个过程，您觉得难点在哪里呢？"听了魏老先生的解答，我们又问道。

　　"一个难点就是服装吧，穿服装的时候有些困难，所以我们都用一些稍微大一点儿的服装；再一个就是现在年轻人做这个的少，我们老人有时候做起来比较吃力。"魏老先生又说，"但还是看人的信心嘛！原来70多岁的人哪还搞这些。现在生活条件也好了，也给大家鼓鼓劲嘛！"

　　我们连忙又追问道："那您是怎么接触到铁芯子，并且搞了这么多年的呢？"

　　"这个在我们小的时候，老艺人们就搞这些，我们也就好奇，跑着去看人家怎么装，眼睛里看得多了，心里也就有了印象。后来老艺人退居幕

梨树结娃娃（什川古梨园保护中心提供）

后，就用我们年轻人了，叫我们搞。我们原来也只是看过，在搞的过程中有的地方不会，就偷偷跑去向老艺人请教，这样就学会了。这个东西不是谁都能搞的，你这一搞也就脱不开手了，这个东西也是个公共事业，有时候我们觉得力不从心了，但不搞也不行，还得搞，也就喜欢上了。于是，就搞到了现在。"

最后，魏老先生恳切地说："这几年国家对非遗也越来越重视了，这是好事，这些东西是先人留下来的，虽然有些东西已经破坏掉了，没有留下来，但是有留下来的我们就要让它更好地流传下去。有时候你看它是古老的，但其实先人的思想和智慧都在里面，它的内涵是非常丰富的。发扬非遗，让大家都知道先人的智慧，这也是我们中国人的骄傲！"

**不以规矩，何以成方圆：
古梨园的禁忌**

17

这位妇女告诉我：其实，这些都是以前人们因为生活条件较差，而想出的一些自我安慰的话，但是直到今天，大家却一直遵循着。倒不是说人们有多迷信，是大家谁也不愿意打破这规矩……

　　孟子曰："不以规矩，不能成方圆。"长期以来，在中国传统农耕
文化思想的影响之下，我国十分重视礼俗禁忌。礼俗禁忌的历史源远流
长，荀子曰："礼有三本，天地者，生之本也，先祖者，类之本也，君
师者，治之本也。"同样，禁忌讳莫如深，无处不在，"入境而问禁，

园中俏（张铁柱摄）

入国而问俗，入门而问讳"。中国传统的禁忌习俗是人们建立在多年约定俗成的民间信仰之上，大体可分为神圣不可触犯的规定、危急凶险的事情等，禁忌可分为禁止和忌讳两个方面，其一是指父老乡亲在一定制度、文化、礼俗约定之下的约束；其二是从个人角度出发，基于情感、

心理以及人情之间的避讳。禁止的约束与避讳构成了什川禁忌习俗的方方面面，从而影响着什川百姓的日常生活。

什川的禁忌涉及范围较广，根据表现方式可以归纳为3个方面：

首先是对灵物的崇拜和畏惧。中国自古以来就有对神灵的崇拜，随着时代的发展，人们对于神灵的崇拜和畏惧也在随之逐渐淡化。但是，在什川长期流传的民间故事中仍能感受到灵物崇拜的影响。一些禁忌由一代又一代人流传下来，并且约束着人们的言行。如：大年初一凌晨忌呼名、深夜听到呼叫忌答应，初一到初四之间忌说不吉利的话，忌动刀、斧、剪，这一条在中国北方的大部分农村仍然常见，小孩玩耍时忌将白布缠头……婚丧嫁娶、节日习俗都存在这类禁忌习俗，虽然没有明文规定，但是各家各户都在遵循，没有人曾想过要打破。

其次是从伦理道德角度规定。中国自古以来一直倡导"以德服人"的社会秩序，孔子云："道之以德，齐之以礼，有耻且格。"在什川，良好的社会秩序维系着人与人的感情，大概是受梨园文化的熏陶，有着和谐安详的社会法则。小到饮食习惯中，忌饮食过猛、过饱，忌抢食，大到禁止偷盗、坑蒙拐骗、豪取强夺。这些禁忌不仅在什川存在，更是普遍存在于我们生存的社会，人人好公，则天下太平；人人营私，则天下大乱。每一个人自出生以来，便生活在这个有着禁忌的秩序法则中，久而久之，形成一种禁忌习俗与礼数文化。

最后是在人们日常生活中，为形成一种"各美其美，美人之美，美美与共，天下大同"的和谐局面，互相保持"己所不欲勿施于人"的生活准则，在受到固有的传统文化和儒家思想的影响之下，长期生活在什川的人们由于本身带有血缘亲族的关系，相处较为融洽，在这片万亩梨园的簇拥之下，什川显得格外和谐。在日常生活中，大人说话，小孩忌插嘴；小孩忌直呼大人姓名；夸小孩身体好，忌说肥、重等字眼；忌正月上门讨债；还有十月忌搬家等习惯。什川的谐音也很有意思。在什川，当地人还给我讲述了许多类似的禁忌习俗，让我重新认识了生长在这片梨园的人们。

这些禁忌规矩，脱离封建迷信的范畴，而成为习俗固化下来，影响着什川百姓的生活，反映出人们应对困难的方式和乐观向上的心态。这些留有历史印记的传统禁忌习俗，在当今的生活中也发挥着重要的作用。

梨园精神

18

我问大妈对未来有何想法，大妈深情地对我说，她有一个梦想！并马上再次唱起来："我有一个梦想，那就是站在更大的舞台上赞美我的家乡，什川。"……

一、中国农民第一桥

什川这座小镇，除了有吉尼斯世界纪录认定的"世界第一古梨园"，还有一个世界公认的"第一"——中国农民第一桥。这座桥是20世纪70年代什川人民依靠集体力量和智慧自主建造的一座吊桥，它见证着中国农民的聪明才智，也成为什川永不褪色的象征。

之前来什川走的一直是新桥，无缘一观这第一桥，甚是遗憾，因而这次来到什川，我下决心一定要去看看这座中国农民第一桥。

饭后，和苏大叔闲聊，我便主动把话题引向了吊桥。"大叔，听说咱们什川的吊桥是我们农民自己建的，是这样的吗？"我如是问。

大叔听到我这样一问，心中仿佛升起一股自豪感："啊，怎么不是呢！全是我们自己动手修的，基本上没有用机器。"

中国农民第一桥（什川古梨园保护中心提供）

我惊讶了，以前倒是没听过这种说法："没用机器？这可是修建吊桥啊，这么大的一个工程，怎么可能不用机器呢？"

"除了最后把桥吊起来，基本没有用机器。"大叔确定地说。

我心中稍定的同时又有些惊疑，虽然吊起桥确实是用了机器，但打地基、造龙门、拉缆绳这些工程，是仅凭人力就能完成的吗？带着这个疑惑，我又问大叔："那吊桥是什么时候建的，多长时间建成呢？"

大叔眼睛转了转，挠了挠头，尽力回忆了一下："1970年开始修的吧？不不，1969年开始修的，1971年修好，用了将近3年。原来这个过河太不方便了，大家就捐钱修了这个桥。"

这一下又勾起了我的兴趣："那原来要过河怎么办呢？"

"过去想走出什川确实是个麻烦事，一个是走山道，靠五架山道和十字沟道两条盘山小道。也能过河，就是坐羊皮筏子，那时候只能靠羊皮筏子过河，又危险，运的果子又少。"大叔说，"羊皮筏子，就是把羊皮充满气，上面绑上木排的渡河工具。那玩意儿，遇到河水上涨，就无法通行。平时，即使只坐人都十分危险，更别说还运输水果了，经常有筏翻人淹的事情发生，所以大家都说'一人出门，全家提心吊胆'。这里解放以后，就有了一条船，用钢丝绳牵引着，肯定比羊皮筏子好多了，但是什川这么多人，一条船怎么够，光坐人都不够用，大家还都想用船运水果，有时候甚至把人挤得掉到水里，后来在这种情况下，大家就提议修一座桥。"

"修桥的钱全是大家捐的吗？"

"一半是政府出的，另一半是大家捐的，主要是南庄、长坡、上车3个大队的农民捐的。那时候农民手里哪有钱，大家只要有一点闲钱，就都捐出来了，我们自己凑了12万，政府给了12万。那是1969年的事情，想想多不容易。"

"那大叔您也参与了修桥吗？"我又问。

"参与了嘛，我那个时候刚好20出头，就搬石头，打地基，拿铲子打地基。那个时候修桥，大家都抢着干活，大冬天就在那个黄河里，好多人为了修桥都落下了病。"

听完大叔的话，我不禁肃然起敬。多么可敬的什川修桥英雄啊！

第二天上午，我便徒步去了中国农民第一桥，桥很长，两岸的桥基更长，一直延伸到上车村村口，桥的两端各有一个高耸着的龙门，门上写着7个红色大字"中国农民第一桥"。桥很宽，足可容两车并行，桥下的基柱十分粗壮，由钢筋水泥灌注，桥面由水泥铺成，从破损的地方可以看出底下的钢板和钢网，可见经过后来的修缮原本铺桥的木板已经被换掉了。虽说从现代的造桥技术来看，什川吊桥仅是一座小桥而已，但一想到它是由智慧的什川农民用自己独特的方法修建而成，这样一座小桥在我眼中瞬间变得壮观无比。

"桥长435米，其中主桥165米，引桥270米，桥面净宽7米。桥两端耸立着15米高的钢筋混凝土龙门，14根重2吨的粗壮钢索凌空悬挂于桥的龙门与桥栏之上。桥面由木板铺成，载重8.5吨，桥两侧有人行道。最大汛期，水距桥面3米。"这段记载直观地表明了什川吊桥的壮观。修建吊桥时，什川农民用麦草包裹堵水，争先恐后跳进冰水，投石让河水改道来修建桥墩；夜以继日坚守岗位，用人墙的方法架起钢架筑龙门；用烧红的铆钉配合大锤猛砸来代替铆钉枪……其间，无数无名英雄为修桥落下了病根，甚至还有人奉献了生命。多么伟大的什川农民啊！

其实，什川农民依靠双手建造吊桥的消息，在当时曾引起国内外媒体的关注，1971年6月8日，《甘肃日报》发表长篇通讯予以报道。《人民中国》杂志用17种文字并附吊桥照片向海外介绍，引起海外极大关注。日本共同社发表《中国农民修大桥》的新闻专稿，称什川黄河吊桥

古树虬枝

为"中国农民第一桥",赞誉中国农民自力更生、勇攀科技高峰、敢于改造自然的英雄气概,对什川人民勤劳、智慧、善于创造的精神予以高度评价。《什川史话》一书也有一篇文章专门记载当时的修桥英雄和他们的感人事迹。

前人栽树后人乘凉,前人架桥后人通商。什川吊桥修好后,什川农民的生活彻底改变了,交通便利了,果农们可以把自家产的梨子运送到更开阔的市场去卖，也可以从外界运送回来更多的日用品。据不完全统计，每年从这座桥上运往全国各地的瓜果、蔬菜约2000万公斤，运回什川地区所需的商品、化肥等近1000万公斤。可见，中国农民第一桥在什川的历史作用。

而今，什川人在距离吊桥数公里之外的小峡旁边，又建了一座新桥，新桥在很大程度上已经代替了老吊桥。但老吊桥经过多次修缮，仍然在为什川农民做着贡献，即使未来，老吊桥不能使用了，相信也是纪念什川历史的一座重要的里程碑，是鼓舞什川后人的精神动力。

什川农民的勤劳、智慧与勇敢，令人赞叹！

二、穿长衫站着唱鼓子的第一人——陆孝兰

来什川的第二天下午，我走在十字街看着将近结束的社火，寻思着等下去找到鼓子培训班，拜访陆孝兰老师，走着走着，我突然看到了一个身形清瘦、满头银发但很有精神的老者——他就是陆孝兰老师。

陆孝兰老师是鼓子培训班的负责人，是唱了50余年鼓子的老艺人。2017年我们来时便拜访了陆老师，现在依稀还记得他的相貌谈吐。他全不将功名利欲放在眼里，一心只为兰州鼓子传承下去。陆孝兰老师曾说过："我不要求名分，我要把兰州鼓子传承下去。"朴实而铿锵的话语，令人印象深刻。打了招呼之后，陆老师热情地把我拉到了鼓子培训班。

交谈中，陆老师道出了从认识鼓子到成立鼓子培训班这五十来年和兰州鼓子的不解之情。在陆老师小的时候，有位邻居是唱鼓子的老艺人，他是个残疾人，不能到田里去干活，于是就成了公社里的计工员。他常年在家，有很多什川的老艺人就聚在他家里唱鼓子。陆老师每天白

天在地里劳动之后就去听那些人唱鼓子，如果遇到下雨天不能劳动的情况，白天也去听。"我在学校就好音乐，去以后一听鼓子好听，尤其是那个音乐好听，一下把我就迷到里面去了！"陆老师说。就这样，凭着在学校的音乐基础，陆老师开始参与到唱鼓子中去，在里面打扬琴、拉二胡。当时的艺人学习鼓子和唱鼓子完全是凭着记忆和感觉，而陆老师不同，他是懂谱子的。"我懂谱子，他们唱的我一听就知道是啥谱子，在脑子里就能把谱子'翻译'出来。"这样一来，陆老师学习鼓子的速度就非常快。就这样，陆老师从20出头的年纪就参与到什川老艺人唱鼓子的活动当中。

可好景不长，"文化大革命"期间禁止唱鼓子，也不能学鼓子，只能唱当时规定的几大样板戏。这段时间鼓子传承的断层是后来年轻人与鼓子产生隔离的原因之一，也是陆老师鼓子生涯最艰难的时期。鼓子不准唱了，却并没有减少陆老师对音乐的热爱，于是他就到宣传队里给样板戏敲扬琴。就这样，又过了10余年。

到了1978年实行改革开放之后，文艺上百花齐放，鼓子又可以唱可以学了，什川老艺人们又纷纷将唱鼓子的活动组织起来，陆老师马上又参与了进去。"其他的我也没参与，我就说这个好，这个音乐也好听，内容也丰富。"当时陆老师30多岁，也是接近中年的人了。再次参与进来，他一边和老艺人学，一边自己也教一些更年轻的人。就这样，陆老师的鼓子是越唱越好，扬琴敲得越来越有特色。老艺人们很多陆续离世，陆老师也逐渐年长，这种以自发形式开展的鼓子活动，陆老师又搞了20多年。

2002年，陆老师已接近花甲之龄，但为了鼓子的发展能得到政府和领导的支持，他和其他老艺人推举了一些年轻艺人，成立了什川镇兰州鼓子协会，现今的鼓子协会会长兰州市鼓子传承人就是陆老师的学生。

陆孝兰创办的兰州鼓子培训班

陆老师把这些机会全部让给年轻人，自己不占一丝利益。"我们也老了，就找了些年轻人上，我们就是他们的后盾。"

如今又是10余年过去了，陆老师并不满足于兰州鼓子发展的现状，在2016年，什川镇实行"一村一品"文化政策，北庄村分配到的任务就是兰州鼓子。陆老师借着这个机会，于同年3月成立了什川镇北庄村兰州鼓子培训班。鼓子培训班是以北庄村村委会的名义成立的，但经费却是由陆老师和他的学生魏周江、谭成华垫付的。鼓子培训班的招生章程中明确规定不限年龄、不限地域、不限性别，任何人只要想学习鼓子都可以参加，不收取任何费用，并且只要有35岁以下的年轻人参加，每学会一首曲子，通过验收后可获得500元现金奖励和录音机一台。

我问陆老师："您打算将鼓子培训班一直搞下去吗？"陆老师告诉我，培训班成立的时候，村子里没有场地提供，魏周江、谭成华夫妇就将自己家提供出来作为活动场地，并且在协议书上签订了期限，标明提供20年。魏周江先生已经65岁高龄了，提供20年就表示要将自家房屋提供做鼓子培训班的场地到他85岁！不只如此，培训班的乐器除了扬琴是陆老师的，其他的都是魏周江先生提供的。"这一辈子一直办到去世为止，只要我活着就一直办下去！我搞了50多年了，和鼓子也有了感情。而且，鼓子是兰州先辈创造的，是兰州的文化特产，我们不能让先人创造的东西失传，如果失传了，我也觉得对不起先人。"陆老师这样回答我。"陆老师的理念就是，哪怕自己贴钱，也要让鼓子传承下去，我就跟着他一起弄。"魏周江先生也说道。

如今，兰州以培训学员为主要目的的鼓子培训班只有什川这一家，培训班办了不到一年，已经有四五十名学员了。培训班的教授方式是这样：如果有学员要学某一首曲子，陆老师就给他提供录音，懂谱子的就提供谱子和词，不懂的就提供词，让他们闲时间听。"你闲的工夫就去听去。在地里做活，你就把它挂在树上听去，在家里做家务，你也就听去。"就这样边听边学，自己感觉学得差不多了就来唱，唱得不准的地方陆老师就给他教，教会了回去再听，差不多了再来唱，陆老师就再教，反复如此，直到这首曲子学成为止。在培训班里，每天下午是大家的活动时间，到时除了学员还有很多观众会来听，有时台下摆放的椅子不够了，村民就会自己拿着小板凳过来听。在这个时段，大家就聚在一起唱鼓子，如果有学员要学曲子，大家就停下，先给学员教。"想唱的人就唱，学的人来了，艺人就先停一停，让学的人先学。"学习鼓子

陆孝兰与他的鼓子班

可不是那么容易，陆老师告诉我，随着一些老艺人的去世，兰州鼓子已经有一半的调子失传了，失传的那些都是最好听也最难学的，而剩下的虽然相对简单，却也比一般歌曲难学多了。"鼓子是字少韵多，它一个字嗯嗯啊啊几个韵，要把字唱真、韵拉准，就难学，字多了反而好学。"

每逢梨花节，或是有省市各级领导来考察，或是哪家茶园老板邀请，或是电视台记者来采访，陆老师就带着培训班的学员出去表演，有时在小峡的游船上，有时在梨园中，有时在古屋里。因而无论是政府领导还是茶园老板，抑或是景区投资者都非常支持鼓子培训班。镇政府陆续也拨过一些资金，县文化局支持了服装，有茶园老板给买了炉子和炭。

培训班开办不到一年时间就有如此的成绩令人欣喜，但也有不尽如人意的地方，那就是35岁以下的年轻学员一个都没有招收到。陆老师就此问题也给我分析了其中原因。年轻人不愿意学鼓子的原因是多方面的，一个是好多人都出去打工了，没有时间；一个是鼓子断了10余年的时间，好多年轻人小时候没听过，脑子里没有这个印象，就不喜欢；再一个现在娱乐方式太多，年轻人喜欢比较欢快一点儿的音乐，鼓子是一种优雅的音乐，年轻人不喜欢；还有就是现在培训班大多都是老年人，年轻人和老年人在一起学鼓子不太适应，也就不愿意来学。

鼓子原本是一种自娱自乐的音乐形式，是曲艺而不是戏曲，是一种家庭音乐。"过去的人坐在凳子上眯着眼睛唱鼓子，感觉是一种享受。或者坐在炕上，二胡拉上，扬琴架上，是没有限制的，一个也能唱，两个也能唱，十个八个也唱。是一种听的享受。"而现在不行了，过去那种方式年轻人不喜欢，大众也不喜欢。基于这个问题，陆老师在创新，试图改造发展鼓子。"要改革，但不能改掉本质。"陆老师说，"原来眼睛眯着唱，现在在舞台上唱，面向观众站着唱。女的叫她们把旗袍穿上，男的就把长衫子穿上，适当做一些动作。"陆老师这样改革，让兰州鼓子面向观众，成为一种传统和现代相结合的表演艺术。于是就有了站着唱鼓子而穿长衫的第一人——陆孝兰老师。

第三次见到陆老师，我们是坐在什川"碧海蓝天"休闲梨园中观看陆老师及鼓子培训班的演员们表演，当然，大部分都是60多岁的老人在表演。不过，有一个演员格外引人注目，这就是一个年仅6岁的小男孩，别看他年龄小，却唱得别有韵味，手势自如，表情自然，偶尔皱一下眉头，小小的眼睛更加有神，一首《韩英见娘》赢得了阵阵掌声。表演后，陆老师说，为了发展兰州鼓子，我们把目光放到了小孩子身上，如果从小培养他们，灌灌耳音，让什川的娃娃们从小就了解鼓子、接触鼓子，将来宣传、从事鼓子的人就会多一些，眼前的这个小男孩就是陆老师及其他老师一同发现并培养的鼓子苗子。相比其他孩子，他在鼓子

在梨园演出兰州鼓子

方面很有天赋，走在路上会时不时地哼着调子，玩耍的时候也会哼几句。在教他的过程中，陆老师发现他学得也比其他孩子要快，所以几个老师将他视为重点培养对象，在课余时间经常培训他。也正是因为他和老师们的共同努力，在前不久的一次表演中他还受到了嘉奖。这或许就是兰州鼓子的希望吧。

三、我有一个梦想

"我有一个梦想，那就是站在更大的舞台上赞美我的家乡，什川。""什川大妈"魏玉红用歌声寄托自己的梦想。"什川大妈"曾经在中国农民歌会赢得阵阵掌声，在湖南卫视的《天天向上》节目上备受夸赞，在甘肃广播电视台上被人们所熟知。然而，她说，我什么都不是，我只是一位什川镇的果农，我就是什川镇的一位大妈。

10月梨园的清晨略有一丝凉意，迎着朝阳走在什川梨园的小路上，路上行人不多，偶尔听到农家院子传来几声狗吠。今天我们就要去拜会"什川大妈"，看看她在节目外的生活。我们一路打听，虽然每个人都带着浓重的方言，听不大懂，不过，仍能明白所指的方向：往前走，往左拐，第二个道道往右拐。因为，无论向谁问路，大家都非常热情，即使是年迈耳背的老人家，听不见我说话，仍然扯

什川大妈魏玉红

大嗓门儿问我："你说啥？我听不见！"说罢便拉着身边一位大叔给我解释。他们脸上的笑容很纯朴，十分打动人。这让我想起小时候在农村生活的场景，不由得感慨万千。梨园的小路弯弯曲曲，从我们住的地方到"什川大妈"的家并不远，但每条极为相似的小路还是让人晕头转向，在大妈大叔们的热情帮助下，我们终于找到了目的地。

大妈家的房子崭新，在深秋的梨园中格外耀眼。红色的大门留着一条缝隙，透过大门，我们看见一位身板很显年轻的中年妇女走了出来，"你们就是我们的大记者介绍的师生，从西安来？"

"对对对，是我们。"我们本想再做自我介绍，然而"什川大妈"已经把我们搂住，一再热情地说："欢迎欢迎，欢迎来我家。"大妈穿一身时尚的迷彩装，热情的大嗓门儿让整个农家院子都生动起来。

院子的东边是新盖的二层小楼，西边还有一间十分具有年代感的土房子。"魏大妈，您的家真亮堂！"我们赞叹着与大妈开始拉起家常。大妈哈哈大笑，指着房子说："这房子啊，是我自己设计的。当时儿子结婚，你大叔在外面，家里没有人帮忙，我就在自己的胳膊上画好，让工人们按照我的思路来盖！我和工人一起挑水泥，一起搬砖……"我们扭头看了看西边的土房子，魏大妈似乎明白了我们的疑惑，便继续解释，"这是以前的房子，盖房子的时候我婆婆卧病在床，直到婆婆去世后房子也没有拆，先这样吧，是老人留下来的念想。"说完，她热情地请我们进屋。

在客厅里坐下来，大妈又开始忙着给我们沏茶，准备水果，并坚持让我们品尝冬果梨，我们也没有继续谢绝，酸甜的冬果梨是什川该有的味道。魏大妈拿出她的相册，一一给我们介绍她表演过的节目，有在甘肃电视台出演的小品，有在皋兰电视台的节目，偶然翻到一张与王琳的合影，大妈露出骄傲的神情，问我："你认识她吗？"

"是《情深深雨蒙蒙》里的雪姨！"

"是啊，是王琳老师，那年我与她一起演出。这是结束后我们一起的合影。你再看这张照片！"

"哦！是魏晨！"这是我们这一代人的明星，我便随口就来，"我知道他是兰州人！"

"我和魏晨一起登上湖南卫视的《天天向上》节目，那次我带着我们什川的软儿梨，我要让更多的人知道我的家乡和古梨园。"魏大妈的声调突然间提高了。大妈告诉我，她第一次走上大舞台是在中国农民歌会，转眼间她就站起来给我们表演她当时演出的节目。"呦呦，我的家乡在什川镇，那里有条美丽的河，万亩梨园世界第一，瓜果蔬菜应有尽有。呦呦，高高的山上亭台楼阁，美丽的河水汹涌澎湃，小峡电站亭亭玉立，为我们什川增光添彩。呦呦，我的家乡在什川镇，那里有条美丽的河，人间仙境梨花朵朵，臊子面野菜招待游客。呦呦，什川的父老热情好客，什川的乡亲勤劳善良，请大家到我们什川来做客。走进农家体验生活，呦呦，呦呦！"那几声"呦呦"让人感受到"什川大妈"对梨园的热爱，她同梨花一样朴实无华，却热情似火。魏大妈没有读过大学，没有受过专业的音乐训练和培训，她说自己不懂音乐，但是她的表演比真正的音乐更能感染人。魏大妈一直忙于在田间劳作，只是热爱音乐，喜欢唱歌表演，简简单单的几句歌词，赞颂了美丽的世界第一古梨园。歌词是大妈在农作的闲暇时间写下的，自己创作，自己歌唱，把对家乡和梨园的热爱都写进了音乐，用自己的歌声表达出来，我被这种对家乡浓浓的热情所感动。无论走到哪里，"什川大妈"都用自己的歌声唱着古梨园，与梨园融为一体，她在哪里，歌声就在哪里，古梨园就在哪里。

生长在什川这片沃土上，她笑言自己浑身上下都被艺术的"细菌"感染。在乡间劳作时会歌唱家乡，卖梨时会歌唱梨果，正是因为这样，她的水果比常人卖得更快，她用歌声唱出了自己的心声。"不要问我从哪里来，我的家乡在什川……""我的家乡在什川，那里有条美丽的河，万亩梨园世界第一……"她编写的每一首曲子都在歌唱家乡，歌唱梨园，尤其一首《夸什川》赢得了无数人的好评。她生在梨园，长在梨园，又嫁在梨园，对梨园和梨果的品种都非常了解，她说要把软儿梨带给各地的朋友，要坚持为梨园宣传，让更多的人爱上这片热土。即使村里有很多人不理解，甚至受到非议，也决不放弃："别人说我神经病也好，说我有利可图也罢，我问心无愧，我只想凭借自己的一己之力为世界第一古梨园做宣传，我只想让更多的人知道我们什川，了解世界第一古梨园，我想让这世界一大奇迹能得到各界人士的重视和保护。这片拥有五六百年历史的古梨园，是我们祖先经过几代人传承到今天，可是如今这种美景已危在旦夕，砍树、弃树比比皆是，大家都是为了生活，这些我都懂，所以我要宣传梨园，宣传我们的软儿梨，希望这些能给果农带来保护梨树的动力。我不想让这片梨园消失，我想把它留给子孙后代，想留给世界各地的兄弟姐妹。"

我问大妈对未来有何想法，大妈深情地对我说，她有一个梦想！并马上再次唱起来："我有一个梦想，那就是站在更大的舞台上赞美我的家乡，什川。"什川这片沃土养育了大妈，大妈用歌声来回报梨园，她把对家乡和梨园的热情和殷切的期望都注入歌声中。在大妈心目中，梨园是她的骄傲，在大家的心中，她是梨园的骄傲！

她只是一位普通的果农，会在春季的时候爬上云梯为花授粉，秋季会穿梭在空中摘果，干裂的双手是她辛勤劳作的见证。她会为儿子的婚房操劳，会为了生计起早贪黑，会为了在街头卖好梨甘受风吹日晒……她同样会坚持自己的追求，去歌唱生活。她会心怀家乡的父老乡亲，去歌唱什川。她会担忧梨园的未来，去歌唱梨园。她很平凡，但她并不平庸，有着不平凡的梦想，希望自己的家乡被更多人知道，期望梨园能惠及什川的果农，祈求万亩梨园能够得到关注和保护。

她又是不一样的果农，有着不一样的梦想。在她的带动下，越来越多的什川妇女跟随她一起歌颂梨园，春季梨园里的歌声是她们在赞颂梨园，正月的社火，也有她们赞美什川的秧歌。美而不娇、洁白如玉的梨花，就如这些什川的大妈，朴素而又不失优雅，她们愿意花费时间和精力去歌唱梨园，希望梨园走出什川，走进世界的每一个角落。这不是"什川大妈"一个人的梦想，是什川所有大妈的共同目标。与大妈告别，她给我们带了许多水果，并一再邀请我们到世界第一古梨园做客。

什川是一个人杰地灵的好地方，这片沃土养育了这片梨园和果农，这片万亩梨园用自己顽强持久的生命诉说着对这片土地的爱，这些什川大妈用自己嘹亮动听的歌声回报着什川和梨园，她们对梨园的初心未变，她们忘不了这片梨园的"养育之恩"，她们也"梨"（离）不开这片土地。我一直记着魏大妈的话："我有一个梦想！"什川还有许许多多的大妈，她们有着共同的梦想，她们是梨园的守护者，更是梨园的传承者。

四、梨园奇人

古梨园有这样一位奇人，他一边务梨树，一边"务"雕刻，用了10年时间在黑石板上雕刻创作了《红楼梦》9大板块32个故事，28个画面，360多个人物形象，还有屏风、窗、花瓶、地板、房屋、花草、山石、书法作品等道具作为背景。他就是今年已经71岁高龄的古梨园农民艺术家陶世清先生。历来谈到艺术似乎与农民没有多少关系，而陶世清先生的创作甚至比一般艺术家还要更胜一筹，一斧一锤阐述着古梨园人的坚韧与毅力。

从"什川大妈"家中出来，我们在大妈的带领下前往将要拜访的影雕奇才陶世清的家。快到路口时，远远望见一个老人的身影，大妈告诉我不要说话，陶家人都相当聪明，看看他能不能猜出来你们是来采访他的。听大妈这样一说，我更加迫不及待地想要了解这位梨园奇人。走近以后发现，这是一位精神矍铄、头发斑白的老人，走起路来神采奕奕。我们诧异，一位平凡而又普通的老人是如何将《红楼梦》这部名著雕刻下来的？陶老先生朝着我们微笑，并大声招呼："欢迎你们来到世界第一古梨园，来到我家，欢迎，欢迎。"说着，他把我们迎进了他家院子。走进院中，就看到院门口有一对"夫妻树"，分别是冬果梨和软儿梨，虽然没有梨园中"树王"与"树后"的年代久远，倒是也有一定的年数。院中还有许多花花草草，陶老先生一一给我们介绍了这些花草的品种、名称。院子干净整洁，体现着这是一位有情操、有生活情调的老人。

进屋后，一幅山水画映入眼帘。这幅画工笔细腻精确，颜色层次分明，画面两侧还有陶老先生自己手写的对联："林泉到处资清赏玩，瀚墨随缘结古欢娱。"每一处起笔，每一处回峰，都可以看出陶老先生的细致谨慎，一丝不苟。我们也逐渐明白，能把一部《红楼梦》用雕刻的方式记录在石头上是陶老先生的行事作风。终于等到重头戏，陶老先生给我们看了刻《红楼梦》和《兰亭序》时所用的工具，就是一个木盒子里放着大小不等粗细不同的铁刻笔，还有从山西浑源带回来的黑色大理石。当我们都很好奇这些细腻的线条究竟是如何呈现在大理石上的时候，陶老先生说："来，我给你们演示一下。"他一笔一画一丝不苟地在大理石上刻画着，看得我们连连赞叹，大呼神奇，也更加钦佩他的毅力、耐心和精湛的技艺。随后，陶老先生拿出自己影雕的《红楼梦》的打印版，一边给我们介绍图中的内容，一边讲述贾府的故事。我们边听边看，只觉林黛玉的柔弱、贾宝玉的桀骜不驯以及其他人物形象都被陶老先生惟妙惟肖地刻画了出来。

"陶老，您为什么会去花费时间雕刻这些呢？"我们其中的一位队员好奇地问道。

"我从小就喜欢画画、练习书法。我对艺术有一种独特的感情，尤其喜欢看《红楼梦》。2004年开始，我一边干农活一边拜师学艺。学艺期间，我查阅了相关资料，反复研读《红楼梦》重点章节，搞清人物关系、人物命运，先后绘画了100多张《红楼梦》图案，并构思撰写了400多页16万字的《红楼梦》相关文字，这些都成为我日后创作雕刻画的依据。雕刻过程中，工具也积攒得越来越多，每天工作5个小时左右，不

陶世清与他的影雕《红楼梦》

知不觉就刻了这么多了。"

"您想过会有今天这样的成就吗？"

"嘿嘿嘿，我这个不算成就，我就是成天在家没事（干），消磨时间呢！"

如此浩大的工程，在陶老先生眼里竟然是打发时光的结晶。果然，生在梨园，长在梨园，陶老先生就如同这梨园中的梨花一般，低调谦虚，不慕名利。

"对了，陶老先生，您的孩子会跟您学习影雕技术吗？以后谁来传承您的这一独门绝技呢？"

"唉！别提了。我原先指望着我儿子跟我慢慢琢磨学习，谁知道，没有这天赋。"我从陶老先生的神情中看出了一丝的遗憾与惋惜，"我现在正准备在镇里找一些有天赋的小孩子或者年轻人培养培养，把这门技术传承下来。"那一丝遗憾又转为点点滴滴的期待，仿佛期待着花骨朵儿含苞待放，期待着朵朵梨花绽放在万亩梨园当中。

"谁说不是呢？搞艺术靠的就是天赋与悟性，您当时是怎么想起学习影雕呢？"那位队员继续发问。

"小姑娘，你们不知道，我很小就失去了父亲，家庭条件也不太好。后来，我的性格就十分内向，不太愿意与别人多说话。但是，我喜欢旅游，喜欢看书，喜欢把迷人的风景记录下来，可我又没有相机。我也喜欢多次在脑海里重构书中看过的故事的情节和画面，并想把它们记录下来，因此我开始学习画画、学习书法，这样一来，我看到的风景和想象中的画面都可被记录下来。我又想怎样才能将这些美好的记忆永久地保存下来？因此我就想，我把它刻下来吧。"陶老先生一时也陶醉在自己的回忆当中。

"这么多年，您是怎么坚持下来的？"看着那盒子里一双磨破的手

陶世清先生的雕刻室

套，队员又问道。

　　陶老先生笑了笑，继续说道："现在生活条件好了，你们不知道我们经历过的事情。我与共和国同岁，我们这个时代的人经历的时期多了。三年困难时期，父亲去世，那时候家里连吃饭都是问题，上学是多么困难！我当时没钱上学，看别人看过的书。这一切，我如今想起来都历历在目。"陶老意味深长地给我们讲述着这一切。他又说："这么多年的苦难经历过来，难道静静地坐下来做一件自己多年期盼并且饱含感情的事情很难吗？我期待这一天其实很久了，亲戚朋友、村中邻里大都认为我这人不好相处，我一般不去别人家串门，不去看热闹，我就喜欢一个人在家享受属于自己一个人的时光。即使在家中，我也很少与孩子们交谈。在他们眼里，我便是一位严父。但是，我喜欢与知心者倾心交谈。"

我深信陶老先生讲述的这一切。他的讲述让我想起了我的外公，他也是一位与共和国同岁的老人，经历了幼年丧母、家境贫寒的艰难日子。我太熟悉陶老先生给我讲述的这些，类似的话我已经听过很多次，望着眼前这位老人，额头上是被时光刻下了一道道深深的抬头纹，一个时代，不知打磨出了多少人顽强的意志，我相信我们每个人对他不禁升起了一股敬意。此时，我们才明白，什川的梨园为何能成为世界第一古梨园。这片土地上，有太多的人同陶老一般坚持不懈，他们不相信命运的摆布，凭借着自己的力量去改变环境。

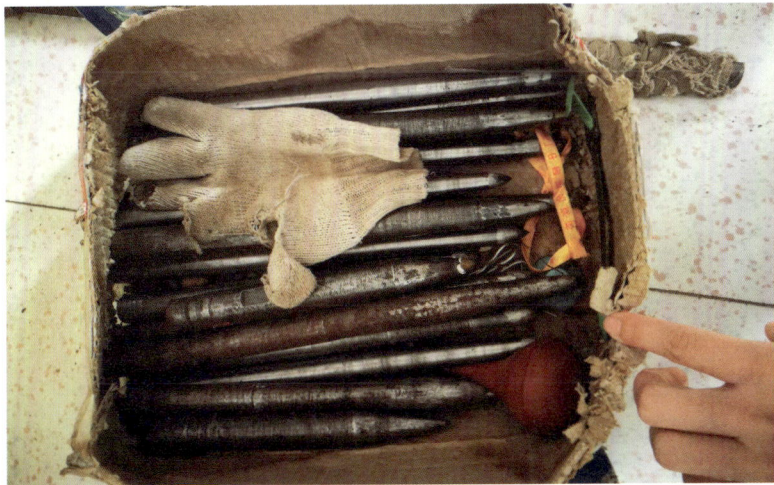

陶世清先生的雕刻工具

五、能人老魏

为了在什川当地寻找云梯的制作技艺，我打听到什川有一位能人老魏，之所以叫能人老魏，是因为老魏不但会干木工，还会制作修理各种工具，不但会修车，还会自己设计房屋盖房子。于是我怀着对什川木质家具房屋与梨树关系的种种问题去拜访了老木匠魏大叔。

魏大叔名永俭，家住在什川镇长坡村，我一路打听，寻了过去。第一次问路的对象是几位老年人，一听到我要找老木匠魏永俭，他们让我一路直走便是。可走了几百米，又问了一位年轻人，他告诉我前面并没有一个木匠魏永俭，只有一个搞电焊、修汽车的魏永俭。我顿时心生疑虑，到底这木匠魏永俭和汽修魏永俭是不是一个人呢？还是我找错地方了？

直到我找到了魏大叔家才解开了疑问。能人老魏年轻时候做木匠，能做各种木工，做家具盖房子都行，后来又自学汽修，各种汽车都可以修理，所以有人说是木匠魏，有人说是搞电焊、修汽车的老魏。

老魏家的院子本来应该是很大的，可是被3类物品占用了一半大小，所以看起来也就没那么大了。这3类物品分别是：木工工具、原木和半成品木料、汽修工具。老魏先带我看了木工工具，这个区域搭着一个棚子，工具全部放在棚子里。有各式各样的刨子、锯子、斧、刮皮刀、墨斗等。其中木质工具入手都十分沉重，一问才知是用上等的铁木做的。"这些工具是买的，还是您自己做的？"我问。

"都是我做的，都是最高级的东西，买是买不到的，买的工具质量不行。"魏大叔自信地答道。

"那这件像锯条这样的铁质工具也是您做的吗？"我拿起一个类似锯条的工具问道。

"都是我做的，呵呵。"魏大叔笑着说。

老魏对自己制作的工具非常有自信，好像每把都是得意之作，一一拿出来给我看，我看着木质柄手光滑的质地和流畅的纹路，铁质斧刃和锯刃的锋利和光泽，真是大开眼界。木工工具旁边露天放着一大堆木材原料和半成品木料。原料不用多说，半成品中多是用来做衣架的苹果树枝，一些堆在一口大缸中用水浸泡，一些放在旁边的地上准备组合成衣架。

看完院子里的情况，老魏又带我进了屋子，首先映入眼帘的便是一个"苹果树牌"成品衣架，仿佛一棵苹果树长在家中一般。衣架底部分出3个枝，起到支撑作用，上面很自然地分出一些枝杈，可以挂衣服和其他各种物品。衣架本是由上下两部分拼接而成，可经过老魏的精心制作，再刷上清漆之后，表面光洁，完全看不出拼接的痕迹，很有艺术感。"这个看起来好像很简单，可是制作过程是很复杂的。"老魏又给我讲述了如何制作苹果牌衣架。原来，从选材到做成，要用一年多的时间。先要到地里找一些修剪下来的苹果树树枝，或死掉的苹果树，选材重点是要找到衣架底部的三枝，然后将树枝去皮，有裂缝的地方还要特别处理，再放在缸中浸泡几个月，最后进行组装，刷上清漆，一个"苹果树牌"衣架就完成了。"现在家里放的这个不好，好的都叫亲戚朋友要走了。"老魏说。他自己闲时制作的很多家具都叫亲戚朋友们要走了，包括衣架、小板凳、马扎等。

接着老魏又给我展示了他做的小板凳。"你看看，这个多结实。"老魏用手把小板凳敲得当当响，声音很清脆，随即递给我。我接过来心里一惊："好重！"板凳看着光洁明亮，原木色，入手光滑，给人最大的印象就是重，有我家里平时用的小板凳1.5~2倍的重量，而大小是一样的。"当然重嘛，这是最高级的，用铁木做的。"老魏形容自己制作的东西似乎总喜欢用"高级"这个词，随即将板凳从我手中接过去。突然，老魏将小板凳扔在了地上，"哐啷啷"地发出一阵清脆的响声。"你看，一点痕迹都没有，这个啊，你把它从院子里扔到墙外面去，一点事都没有，顶多上面的漆被磕掉。"老魏自信地说。

此时已经入春了，再过几天，果农们就都要上树修剪树枝了，来找老魏修理保养修枝工具的人络绎不绝。老魏招呼了我，便去忙了，我也就跟上去看。院子中间摆放着专门修锯的工具，想是这两天来的人很多，老魏把一个单排锯齿的手锯固定在上面，先用工具将锯齿掰成双排，再用三棱锉把锯齿打磨锋利，手法不可谓不娴熟。"您平时帮村里人修理这些工具，那您自己制作这些农具吗？"我不禁问道。"现在不做了，以前这个锯我也做过七八十把。"老魏说，"我们什川人用的云梯我做过一百多个。现在卖这些工具的多了，我也不做了，有人问我，我就告诉他们应该买什么样的好用，别买错了，再一个工具平时要修理，要保养，他们就来找我。"说着，旁边一位大叔的锯子修理好了，大叔要给钱，老魏不收，硬是把大叔赶走了，"你走，你走，给个啥钱，你是看不起我还是咋样。"原来，老魏帮村里人修理工具也是不收钱的。

"他也就是闲了才干这些，平时也没时间。"老魏的儿子魏大哥对我说。原来，老魏现在带着一个工程队，自己设计房屋，在给镇上人盖房子。"我们自己的房子今年也要重新盖，盖两层，下面的弄成一个大的工具库，上面的住人。"

老魏会做木匠活、会制作修理各种工具、会修汽车、会盖房子，真可谓能人。而老魏最能的地方是他对自己这些爱好的执着和热情，真是一个能人老魏。

什川的万亩梨园被黄河切断了与外界的联系，生活在这里的百姓没有因为外界的环境而畏惧，而是让这湍急的河流养育拥有近500年历史的古梨园。没有路，修路；出不去，架桥。小小的什川镇，道路可谓四通八达。激流的黄河之上羊皮筏子变成为了游船，一座农民大桥也将什川与外界相连。什川干旱少雨，黄河易发洪灾，但是什川的百姓都一致协调与大自然的关系，让母亲河滋养了这片土地。梨园扎根于这片沃土，什川有太多的百姓和魏老先生一般坚韧不拔，他们齐心协力改变着这艰难的环境。祖先将梨树栽种此地，而这里的人们便希望梨树可枝繁叶茂，他们不断培植，扩大梨园面积，从而成为现今的万亩梨园。什川的梨树坚韧不拔，生长在干旱的西北仍然保持着顽强的生命力；什川的百姓不畏艰难，让梨树植根于这片沃土、开花结果；时至阳春三月，洁白如玉的梨花朵朵绽放，是什川人的骄傲，同样也是什川人的象征。

梨园奇树，梨园奇花，梨园奇人，万亩梨园真乃世界一大奇迹。

梨园春

附 录 一

破解什川古梨园保护的难点[1]

一片在黄河峡谷里生存了600多年的古梨园，穿越历史烟云来到今天，其人文生态价值无法估量。有人称其为黄河流域生态活化石，也有人说是人文生态奇观。但是在今天这样一个大变革时代，古梨园生存却遇到极大困难。砍树建房、古树撂荒、任其枯死等现象非常严重。要破解梨园深层次矛盾，需要全社会付出极大努力。作为一个梨园子弟，个人认为梨园存在如下深层矛盾需要解决。

一、青年人进城，"天把式"技艺缺乏传承

什川古梨园是一种特殊的人文生态，它不像原始森林，即使没人维护也能自由生长。什川古梨园至今还有440多年的明代古梨树存在，完全是一代代什川果农为梨树辛勤服务的结果。在过去没有化肥农药的年代，前人通过独特的古法种植技术种植梨树，例如防虫，用涂泥、石硫合剂、堆沙等方法来解决；肥料方面则完全使用农家肥；果树授粉方面采用种植授粉树的办法；采摘使用云梯技术等。一整套科学生态的古法种植技术凝结着先辈的智慧，也成就了什川百年古梨园。

人与树相互依存，相敬如宾，这片生态才会有生命力。但是今天，这套古法种植梨树的技术正在面临无人传承的局面。梨乡大部分年轻人进城务工。老一代的果农已不能承担举云梯等重体力、高风险的劳动。梨园荒芜现象在什川非常严重。一棵古梨树，三五年没人管理就会自然枯死。

二、古梨树维护成本增加，投入产出倒挂

古梨园是一种连片种植的生态作物。目前的古梨树，每年打药、修剪、施肥、浇水、采摘的成本非常高。没有年轻人的家庭，雇人修剪采摘，一天的工资至少100～200元。而梨树所产果品价值受品质销售等多重因素影响，远远比投入要高。果农种古梨树收入不高，种植古梨树的积极性就会受挫。

三、古梨园旅游还不能惠及全体果农

什川梨花节已经搞了十多届，梨园旅游也在兴起中。2017年梨花节期间，什川每天旅游人数在兰州各大景点中名列前茅。但是过了梨花节，旅客开始锐减。梨园旅游没有持续性，当地果农得不到旅游经济的实惠，保护古梨树就有了难度。毕竟，果农才是什川古梨园最直接的保护者。正是他们的繁重劳动，才能使古梨树长期生存。

四、诸多难题需要破解。软儿梨冬果梨产业化、古法种植是努力方向

破解当下存在的诸多古梨园保护难题，面要社会各界共同努力。政府在大力引导，加大古梨树养护投入，强力推进古梨园及奇峡旅游的同时，最有效的途径就是提高当地农民收入，让古梨树为果农产生赖以生存的效益，果农才会认认真真踏踏实实为果树服务。务果树、务果树，一个"务"字道出什川果农种"高田"的多少艰辛。

近年来，软儿梨冷冻技术、冷链运输等已经很成熟。通过网络等新兴渠道销售软儿梨也已不是梦想。所以，什川古梨园产业化之路和旅游经济相结合，才是破解古梨园矛盾的有效之路。恢复古法种植，提高果品品质，观光农业和民宿旅游相结合，让古梨树的农业价值和

旅游价值都发挥出来，古梨园才会长久生存下去，代代接力，永远造福民生。

注释

[1]　魏著新：《破解什川古梨园保护的难点》，《兰州发展》，2017年第5期。

附录二

兰州皋兰县什川古梨园保护之我见[1]

随着新农村建设和旅游观光农业的发展，古梨园面临被蚕食、挤占的危险，古梨园保护面临严峻的挑战，保护古梨园刻不容缓。

一、什川古梨园现状

什川是闻名遐迩的"万亩梨乡"，位于皋兰县城南部，距县城20公里，距兰州市区21公里，总面积405平方公里，黄河从中流经35公里，是大峡水电站库区和小峡水电站所在地，黄河两岸淤积10米左右厚的土层，形成黄河阶地，土地肥沃，气候湿润，年平均气温8.4℃，年均降雨量266mm,日照充足，昼夜温差大，属于温带大陆性气候。古梨树主要生长在黄河一级阶地、海拔1490多米的区域。什川镇辖上车、长坡、南庄、北庄、上泥湾、下泥湾、河口、打磨沟、接官亭9个行政村，2.02万余人，现有耕地面积2.22万亩，其中水浇地1.82万亩。什川古梨园于2013年被录入《吉尼斯世界纪录大全》，被誉为"世界第一古梨园"。当地政府依托古梨树资源，集果品生产、休闲农业于一体，已连续举办了十五届什川梨花节。

什川梨树栽培历史悠久，自明嘉靖年间，开始栽植梨树，树龄大多在三百年以上，现存百年以上的古梨树9210株，面积3939亩。虽然这些古梨树年事已高，但是依然枝繁叶茂，硕果累累，在当地农民的经济收入中仍然占有一席之地。为了加强对古梨树的保护，政府对9210株百年以上古梨树进行了建档挂牌保护。现存的古梨树品种主要为香水梨

（软儿梨）、冬果梨。

梨树属于蔷薇科梨属植物，香水梨和冬果梨的适应性较强，耐旱、抗寒、耐瘠薄。在海拔1280多米的宁夏中卫市南长滩村、海拔1500米左右的兰州市郊县和海拔2200米左右的青海贵德县均有分布，树形特征和栽培管理技术基本相同。现存规模较大的古梨树主要分布在黄河流域的兰州市皋兰县什川镇、白银市靖远县兴隆乡大庙等河谷地带，以及青海省海南藏族自治州贵德县（尕让乡、阿什贡乡、河西镇等地）、海东市民和县中川乡黄河沿岸等地、黄河支流湟水河沿岸的乐都区高店镇等地，宁夏中卫市沙坡头区南长滩村等黄河谷地。

明万历年间徐光启编著的《农政全书》，就建立了比较完整的农学体系及树艺。我们可以从青海省贵德县古梨园到宁夏沙坡头区南长滩古梨园看出，梨树品种和栽培技术相同，冬果梨配置的授粉品种都是同系统的品种酥木梨、长把梨等。在陆路相距600多公里的地方，当时就做到统一品种、统一技术，说明我国果树栽培技术在明万历年间就达到一定水平。

冬果梨属白梨系统，萌芽率强，成枝力较弱，树势强健，寿命长，结果早，一般嫁接后4至5年结果。晚熟梨，当地在10月上中旬成熟。有大冬果梨和小冬果梨之分，大冬果梨果实为倒卵圆形，果个较大，平均单果重277.5克，最重500克以上。皮色黄绿，完熟后呈金黄色，皮薄肉细，果柄长，萼片宿存或脱落，果实质嫩多汁，不需后熟即可食用，果实耐贮藏，含糖量9%，品质优。小冬果梨，由大冬果梨芽变而来，果实为倒卵形和椭圆形，或近圆形，比大冬果梨小，平均单果重157.5克，石细胞较大冬果梨少，质细味甜，品质优于大冬果梨。现存的小冬果梨树很少，不具规模。

冬果梨自花结实率低，栽植冬果梨时，为了提高坐果率，必须配置适宜的授粉品种，如白梨系的酥木梨、长把梨、早酥梨等品种。

香水梨，又称软儿梨，属秋子梨系统，萌芽力和成枝力都较高，树势强健茂盛，树冠大，寿命长。果实近球形或扁圆形，萼片宿存，果柄较短，果个比冬果梨小，平均果重在125克左右，皮色黄中带绿，石细胞多，经后熟后果实变软，风味也随之变佳，若藏至冬季，食用时需置于温暖处化开，待表层蜕出一层薄冰壳后，梨肉变软化成一包香水时食用更佳。香水梨属于晚熟梨，当地在9月下旬成熟。

二、什川古梨园存在的问题

近年来，什川古梨园保护工作虽然得到当地政府的重视，但是仍不容乐观。主要存在以下几个方面的问题：

（一）在古梨园内打庄建房现象依然存在。过去，从黄河对岸眺望什川，首先映入眼帘的是高大的古梨树，呈现出一片郁郁葱葱的景色；如今从黄河对岸眺望什川，呈现出五颜六色的景色，很多建筑物高出了古梨树，破坏和打乱了原有的古梨园自然生态美景。在古梨园打庄建房现象依然存在，慢慢蚕食着古梨园。

（二）没有处理好休闲观光农业与古梨园保护的关系。一是"农家乐"的建设经营中忽视园地土壤管理，不注重用地养地，掠夺式经营。如硬化道路、种植草坪、设置休闲场地或停车场等，严重影响果园土壤深耕，造成土壤板结，土壤透气性不良，从而影响果树正常生长发育。梨树水平根分布比树冠大2～5倍，如果果树根系生长发育受到限制，不但影响果树生长和结果，而且影响果树的寿命。二是重视旅游业的增量，而忽视古梨园的保护。随着什川古梨园观光旅游业的发展，车流、物流、人流的过快增长，给什川古梨园带来了严重的污染问题。

（三）经营模式阻碍了古梨园的保护。古梨园核心区总人口1.1万多人，人均不到1株古梨树，分户经营，经营规模又很小。同时，果品也是"自产自销"，"三马子"闯市场。这种生产经营体制，不但不利于古梨园的保护，而且阻碍大产业、大品牌、大市场格局的形成，也不利于先进农业科技成果的推广应用。

（四）果园管理不科学，果品质量下降。在农村实行土地联产承包责任制以前，什川的冬果梨、香水梨品质很好，果形正，品相好，石细胞含量少（渣小），口感好，商品性好，经济效益好。20世纪60年代，什川冬果梨以"兰州冬梨"品牌出口国际市场。20世纪80年代以后，随着果园经营机制的改革，果园经营管理方式发生变化，果品质量逐年下降，果形不正，冬果梨果顶凸出的果实所占比例高，石细胞含量高（渣大），没有过去爽口，商品性降低，经济效益也随之下滑。因此，农民失去了对"摇钱树"的信心。

1. 授粉树品种数量达不到要求。冬果梨自花结实率很低，授粉品种不足，就会降低坐果率。农村实行土地联产承包责任制以后，由于效益驱动，农民把不耐贮藏、效益不高的酥木梨、长把梨等品种高接换头，改为冬果梨和香水梨等品种，授粉树品种数量减少，远远达不到授粉品种配置比例标准。同时，忽视不同梨树品系间的亲和性，选用的授粉品种不当。因此，不但坐果率低了，而且严重影响了果品质量。

2. 多次高接更换梨树品种，削弱了树体生长势。随着市场行情变化，随意高接更换品种。在香水梨和冬果梨之间互相高接换头，严重削弱了树体生长势。尤其是香水梨高接冬果梨等成枝力弱的品种后，生长势明显不及原来生长茂盛。我们的祖先，当时在栽植冬果梨树时，按一定比例配置了与冬果梨同系统的授粉品种酥木梨、长把梨等梨树，这是有科学根据的，而不是盲目栽植的。

3. 农业化学投入品过量，造成农业面源污染。一是化肥使用过量，不但造成土壤理化性质恶化，而且也是果品质量下降的主要原因。科学施肥的原则是：以有机肥为主，化学肥料为辅。现在，什川的有机肥源严重不足，迫使果园以"化学肥料为主，有机肥料为辅"。由此，造成土壤有机质下降，土壤盐分富集，土壤板结，土壤透气性不良等。同时，土壤中未被作物吸收或土壤固定的氮和磷通过人为或自然途径造成地表和地下水体污染。二是重视萘乙酸钠保花药的使用，忽视授粉品种的配置。为了提高坐果率，果农普遍使用植物生长调节剂萘乙酸钠，由于使用剂量不合理，致使冬果梨畸形，果顶凸出，降低商品性。三是病虫害防治不科学，重视化学防治，轻视无公害农业防治。过去，果农大都采用传统的刮除粗翘皮、树干涂泥、树干基部堆沙子、石硫合剂等农业、物理、生物防治技术，如今大都采用化学防治法，不但造成果品污染，而且造成土壤面源污染。

4. 忽视古梨树更新复壮，造成树体枝干老化枯死。由于树体高大，操作不便，农民不重视老梨树的整形修剪和枝组更新复壮，造成枯枝，枝组老化，树冠退缩。

5. 忽视病虫害防治，造成病虫泛滥成灾。发生为害较为普遍和严重的病虫害主要有介壳虫、梨小食心虫（简称梨小）、梨木虱等。介壳虫吸食枝干和叶片的汁液，被害枝条上介壳累累，果树生长不良，树体衰弱，严重者枝条枯死，虫体排泄蜜露常诱致煤污病发生，影响光合作用。部分农户放弃果园管理，致使病虫滋生，树势衰弱。同时，影响其他果园病虫害防治效果。违背科学，梨、桃混栽，由此加大了梨小防治难度，致使梨小发生危害成灾。违背科学，在苹果、梨生产区域栽植了锈病的转主寄主刺柏，致使苹果和梨锈病大量流行，严重影响果树生长和果品质量。

（五）由于古梨树经济效益不高，果农不重视古梨树的投入。实行土地联产承包责任制时，为了将古梨树平均承包到农户，每户承包到的古梨树不但数量少，而且比较分散，给果园管理带来不便。同时，由于比较效益低，有文化的年轻人大都外出务工，由年老体弱者劳作，存在应付管理的现象。因此，部分农户放弃对古梨树的投入和管护，放任生长，任其自生自灭。

（六）政府资金投入力度不大。多年来，政府用于古梨园保护方面的资金虽然有所增加，并且采取了一些措施。但是，资金投入力度不大，措施不尽完善。就目前实行按树分户补助的方式，解决不了古梨树保护的根本问题。

三、什川古梨树保护的对策和建议

什川古梨园保护工作是一项系统工程，涉及行政、技术、观念等方方面面，这里从行政和技术两个方面，对古梨园保护工作谈一点见解，供参考。

（一）行政措施

1. 科学定位，明确古梨园发展方向和目标。最近，兰州市政协在什川古梨园视察时，提出"什川应由纯经济果园向生态文化园转型过渡"的思路，正确处理休闲观光农业与古梨园保护的关系。在尊重原自然生态的前提下，科学定位，明确古梨园发展方向和目标，适度发展"农家乐"，注重在提高单个"农家乐"接待规模和科学化管理水平上下功夫，避免盲目扩张观光旅游农业。尊重科学，避免随意在园内铺砖、硬化道路，改种草坪为铺设绿色园艺地布，改善土壤环境，促使果树健壮生长，延长古梨树寿命。在保证古梨园原生态自然环境的前提下，科学合理地安排人流、车流、物流，避免超负荷运行。

2. 制定古梨园保护法规，依法保护古梨树。最近，兰州人大常委会在什川古梨园调研时，提出"要尽快制定和出台地方性法规，以严格的法律法规保护古梨园、古梨树"。在做好古梨树编号登记建档的同时，古梨树保护服务中心加强巡查工作，对无视《森林法》和古梨园保护法规，偷伐古梨树者，采取最严厉的处罚，真正做到依法管护古梨园。同时，不但要保护百年以上的古梨树，而且要把树龄在二三十年以上的梨树也列入保护对象，挂牌建档立卡。

3. 积极引导古梨园规模化经营。转变观念，采取"古梨园保护中心+公司+农户"的管理运行机制，鼓励果农流转入股古梨园，扶持有经济实力、懂技术的企业流转承包古梨园，走规模化、集约化、标准化、品牌化现代农业发展之路，将政府补助于一家一户的资金集中起来使用，以便于古梨园保护和农业科技成果的推广应用；以利做大做强冬果梨、香水梨等优势传统产业，建立大市场体系，延长产业链，改变"三马子"闯市场的小农业、小市场格局。

4. 继续扩大梨园面积。除在古梨园区补植补栽梨树外，鼓励新植梨树上山进沟。依据市场需求，引进发展国内外看好的秋子梨系统的品种京白梨、南国梨等，砂梨系统的品种黄金梨、丰水梨、圆黄梨、晚秋黄梨（爱宕梨）、秋月梨等，红皮砂梨系统的品种红香梨、满天红、美人酥等，优化什川梨树品种，丰富梨树品种，提高梨园经济效益。

5. 严禁在古梨园新建楼房。农民改造旧房时，统一规划建设仿古建筑，体现黄河文化建筑风格。

6. 注重古梨园保护的科技支撑。加强与农业大专院校、科研院所的技术合作，组成古梨园保护专家团队，制定科学合理的古梨树管护技术方案，制定《古梨树管护田间作业历》，加强技术培训和技术服务，强化专业技术人员的培养，聘请专家开展技术讲座和技术指导，提高古梨园科学化管理水平。

7. 增加古梨园资金投入。多渠道争取对古梨园保护的资金投入，整合集中使用资金，使有限的资金发挥最大的效益。

8. 大手笔建设古梨园博览园。科学划定古梨园核心区，并实行人、园分离，将古梨园核心区的住户整体迁出，统一规划安置，建立"什川新村"，真正把什川古梨园建成生态文化博览园。

（二）技术措施

1. 深翻改土，培肥地力。结合施肥，深翻腐化土壤，增加土壤有机质，改善土壤理化性质，提高土壤肥力。遵循以"有机肥料为主，化学肥料为辅"的原则，减少化肥施用量，增施以腐熟的动物粪便为主的优质农家肥等有机肥，测土配方施肥，均衡土壤养分。做到秋施基肥、巧施追肥，于每年秋季（9月下旬）施足基肥，此时，正值果树根系生长的第二次高峰期来临，按照"斤果斤肥"的标准施足有机肥料，N、P、K比例1：0.5：1。抓住果树根系生长发育高峰期适时追肥，在根系生长第一次高峰期来临时的5月下旬追施速效性肥料，也可结合喷施叶面肥。

2. 注重树体管护和更新复壮。每年对果树进行整形修剪，剪除枯枝和密生枝，改善通风透光条件，注重采用回缩、短截等修剪方法，更新复壮，促使果树既生长又结果。杜绝随意将香水梨高接为其他品种的现象。结合整形修剪，刮除粗翘皮，更新皮层，铲除病菌虫卵越冬场所。

3. 注重授粉品种配置和花期放蜂。一是新植梨园时，按照主栽品种与授粉树品种5~6：1栽植，选择花期与主栽品种花期相近、亲和力强的授粉品种。栽植香水梨时，配置秋子梨系统的京白梨、南国梨等品种；栽植冬果梨时，配置白梨系统的早酥梨、酥木梨、长把梨等品种。二是高接授粉品种，解决授粉品种不足的问题。三是果树开花期饲养蜜蜂，促使果树自然传粉，提高坐果率和果品质量。

4. 依据果树需水规律，科学合理灌水。果树在各个物候期对水分的要求不同，需水量也不同，主要抓好花前水、花后水、花芽分化水、休眠水。一般水随肥走，什么时候施肥，就什么时候浇水。推广果园水肥一体化技术，做到精准施肥、精准灌水。

5. 科学选栽树种。一是在古梨园空闲地，仍栽植梨树，禁止栽植核果类果树，减轻梨小的危害；二是限制栽植针叶绿化树种，对已栽植的刺柏进行彻底清除，切断锈病侵染循环途径。

6. 加强病虫害综合防治。遵循以农业防治为基础的"预防为主，综合防治"的植保方针，根据梨树病虫害发生发展规律，适时预测预报，以"绿色、环保"为前提，不失时机地做好病虫害防治工作。一是突出抓好以介壳虫、梨木虱、梨小为主的病虫害防治工作，根据病虫害发生发展规律，科学制定《古梨树病虫害无公害防治历》，将病虫害损失降低到最低程度。二是新建果园时，杜绝桃树与梨树混栽的现象。因为，7月份以前，梨小的主要寄主是核果类果树，7月份以后开始蛀食梨果，杜绝桃树与梨树混栽，可以减少梨小前期食物来源，降低虫口基数，以减轻中、后期对梨果的危害。三是杜绝刺柏流入果树生产区。果树锈病属于转主寄生菌，冬季在刺柏上越冬，春季病菌转移到苹果和梨树上危害，深秋病菌再转移到刺柏上越冬。锈病菌靠风进行传播，一般传播距离2.5~5公里。因此，禁止在果园附近、休闲广场、机关、学校、庙宇、山坡栽植刺柏，以切断侵染传播途径，彻底控制锈病的流行和危害。

注释

[1]　魏列杰、魏公河：《兰州皋兰县什川古梨园保护之我见》，微信公众号"老魏的新视界"，2017年6月22日，https://mp.weixin.qq.com/s/DC-rbUZJbuvrKB0aewpFSA。

附 录 三

甘肃什川古梨园农业文化遗产保护与开发策略研究[1]

中国是农业文明大国，经过几千年历史的沉淀与黄河母亲的孕育，留下了宝贵的农业文化遗产。地处西北的甘肃省是农业大省，在黄河流域腹地的什川镇，素有"塞上小江南"之称，这里留下中国目前规模最大、历史最久远的万亩梨园，堪称世界一大奇迹。

目前，学术界对梨树栽培研究颇多，但是对什川古梨园保护等方面的研究还有所欠缺，刘秀琴、张自和的《兰州古梨树群调研与保护初探》从古树名木保护的角度分析了古梨园的保护与修复的过程及注意事项；《着力打造什川古梨园文化》从旅游学角度来呼吁发掘什川梨园潜在的文化；魏玲的《什川镇古梨树在旅游开发过程中的保护》同样从旅游学的角度探讨了什川古梨园在旅游开发中的注意事项；农业文化遗产研究目前是学术界的一大热点，梁勇的《陕西佳县古枣园农业文化遗产研究》从历史、价值、发展前景对农业文化遗产进行研究，《陕西佳县古枣园》《内蒙古敖汉旱作农业系统》《云南普洱古茶园与茶文化系统》等系列中国重要农业文化遗产读本以图文并茂的形式，系统阐述了重要农业文化遗产的起源、演变、特征、价值、现状及发展对策。本文是在学术界已有研究成果的基础上，结合实地考察经历，从农史和农业文化遗产学的角度分析什川古梨园的历史演变过程、生产技术特征与价值，以及保护与开发策略，希望古梨园能够恢复古法种植技术，还原其原有的生态系统。

一、什川古梨园概况

（一）什川古梨园的基本情况

古代甘肃很多地方因军事需要修建"堡"，故都以"堡"来命名。兰州市皋兰县的什川镇是因"在明朝弘治年间甘肃巡抚在此处重建'什字川堡'，因而留下'什川'之美名"。[2]目前，什川镇占地总面积为40500公顷，居民以汉族人口居多，以种植业为主，其中林果经济占主导地位。什川镇林果面积723.93公顷，梨树约有2万株，百年以上的古梨树约为9299株，占梨树总数的46%以上，胸径超过50厘米的梨树达10000多株，约为梨树总数的50%，梨树胸径最大的需三人合抱；梨园中梨果总生产量大约为1万吨。其中，古梨园中有两棵被封为"树王"与"树后"的古树，是有441年树龄的"老夫老妻"，至今的产量仍然十分惊人，每年可产梨2吨多。[3]但是，由于缺乏系统有效的保护，古梨园的发展面临诸多问题，亟待通过有效的保护和发展策略，使其价值得以更好体现。

（二）什川古梨园的农业文化遗产价值

1. 悠久的栽培历史

明朝嘉靖年间魏氏祖先魏贵从山西，经南京辗转到甘肃省什川镇。由于看上此地得天独厚的自然条件，魏贵与其子魏乾、魏坤在什川广植梨树。此后，当地果农汲取兰州人段继发明水车引黄河灌田的技术精髓，也开始仿建水车，发展水浇地；又因地处西北，光照充足，昼夜温差大，糖分可充分积累，加之有一方沃土，因此梨果大都甘甜可口，备受欢迎。什川古梨园至今已有近500年的历史，其中，现存最年长的古梨树"树王"与"树后"分别为441岁，其他大部分梨树都超过了100年。普通梨树寿命最多只有数十年，但什川古梨园的古梨树却拥有数百年的树龄，这是十分少见的。除了优越的生存环境，魏氏家族及什川镇的祖先所创造的古法种植技术及果园管理方法，是梨树得以存活长久的重要因素。

2. 独特的传统技艺

什川果农在长期的梨树栽培实践过程中，创造出许多至今仍令人叹为观止的梨树管理农具、梨果品种以及管理方法。他们将可持续发展理念贯穿于一年四季的授粉、防虫、吊枝、防霜、采摘、贮存等环节之中。

什川古梨园古法种植技术中具有代表性的是防虫技术。较简单的是众所周知的翻土地、刮树皮；而梨园的特色防虫技术具体操作如下：首先古人通过刮树皮将寄生在树上的虫子消灭，为了彻底消灭虫子和虫卵，将刮下的树皮全部运回家填炕，虫子和虫卵将会被烧死，燃尽的树皮生成草木灰，果农将草木灰重新返回梨园作为农家肥使用。草木灰的成分较为复杂，含有植物体内各种灰分元素，但以含钾最多，一般含钾5%～10%，磷2%～3%，除钾、磷以外，还含有钙以及少量的镁、铁、硫、锌、锰、钼等营养元素。草木灰为碱性，有很细的微粉，如接触吸浆虫、成虫、麦蚜虫、麦蜘蛛、麦叶峰等虫体软嫩的害虫，可使其气孔阻塞，生理失常，可杀伤部分害虫、抑制发生。因此，果农将一部分草木灰浸泡，过滤后的液体喷洒在树皮上，杀死生长在树上的树虫；另一部分施于土地，可增加土地肥力，促进果树发芽开花，还可作为根外追肥，提高叶片的光合效率。这些反映出梨园果农与自然作斗争的同时不忘顺应自然，古法种植技术引起现代农业技术反思。

此外，古梨园最典型的农具是云梯，因为无论是授粉、修剪，抑或摘果都需要借助云梯来完成，因而，什川人把熟练使用云梯的果农叫作"天把式"。这种借助云梯管理果园的方式，是随着梨树的种植而发展起来的，因而当地人也将管理果园叫作"务高田"。果园中多数农事活动都借助云梯来完成，如给老梨树整形、刮除枝干上的粗皮、修建枝条、用竿敲打树枝、给枝条和树干抹泥。"天把式"技艺是将"三角形稳定性"原理应用到生产中的具体体现，"制造程序如下：在一根长约10m（也有较短的）的笔直松木上（底部直径15cm，顶部直径约10cm），按55cm或略短人体膝盖以下小腿肢左右的距离分段凿2x4cm的小孔10～20个，每个小孔中间穿33cm长的榆木条做梯杠，就制成了形似蜈蚣的独木梯。云梯下端配置固定铁叉，还需另配两根六七米长辅助木梯的松木椽子（俗称戗杆），在椽子的上端，距顶端10cm处凿一个小孔，穿毛绳（羊毛绳）约60cm结环。用时将云梯插于地上，两根辅助杆分别居于木梯两侧，辅助杆上端的环形毛绳套在云梯上端的梯杠上，加强其稳定性"。[4]这是在长期农业生产过程中积累而成的先进生产经验，具有较强的实用性和科学性。什川古梨园的古法种植技术展现了中华农耕文明的先进性，应得到恢复与传承，是恢复古梨园活态生态系统的重要措施。

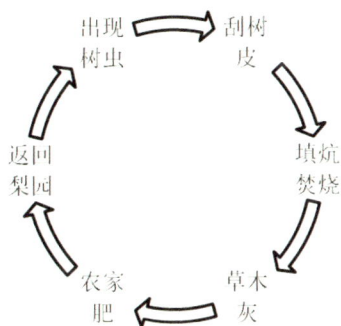

什川古梨园古法防虫循环图

3. 观赏与生态功能

梨园具备极高的观赏价值，梨花开时洁白无瑕，有"占断天下白，压尽人间花"的气势，每年4月中旬什川都会举行"梨花节"，以供更多的人观赏。同时，梨园作为一种复合生态系统，由于长期坚持古法种植，形成了一个无污染、可持续的生态循环系统，所以古梨园中的梨树长势明显优于其他树种，故起到良好的防风效果；丰富的地下水使得梨树水平根向四面八方伸展的能力非常强，匍匐根系较多，侧根发达，可固持表层土壤；梨叶还可吸附空气中的二氧化碳，在降低噪音、调节小环境方面都不亚于其他绿化树种。

4. 显著的营养和药用价值

表1　梨果营养成分表（每100g梨果含量）

成分	含量	成分	含量	成分	含量
水分（g）	80.0～86.0	粗纤维	1.7	胡萝卜素（g）	0.01
蛋白质（g）	0.1～0.4	灰分	0.3	硫胺素（g）	0.01
脂肪（g）	0.1～0.3	钙（g）	5.0～8.0	核黄素（g）	0.01
碳水化合物（g）	8.0～15.0	磷（g）	6.0～14.0	尼克酸（g）	0.2
铁（g）	0.2～0.3	抗坏血酸（g）	3.0～8.0		

本表来源：《中国作物及野生近源植物·果树卷》，贾敬贤、贾定贤，中国农业大学出版社，2005。

什川最著名的梨品种为软儿梨，有着较高的食用价值和药用价值。软儿梨含有多种人体需要的营养物质，如：果酸、葡萄酸、柠檬酸、苹果酸、糖等成分，具备养胃、生津、润肺、化痰、清热、止咳、解酒等多种功效，是药食同源的佳品。《咏热冬果》一诗曰："囫囵冬果作原料，加上冰糖慢火熬。热食温中心肺润，还将哮喘病医疗。"[5] 同软儿梨一样，冬果梨也具有较高的食用价值和药用价值，如：生津止渴、帮助消化、增进食欲，冬果梨不但能解渴消寒，而且还可化痰止咳，对老年性哮喘、气管炎患者大有裨益。冬果梨最大的特点是水分大，含水成分高达85%，富含的苹果酸、果酸、葡萄酸、糖、蛋白质、磷、铁、钙、维生素营养物质不亚于软儿梨，也是药用价值和营养价值兼具的良品。

5. 别具一格的文化情结

清代中期以来民间盛行唱鼓子词，后来把这种曲艺称为"兰州鼓子"，这也是什川梨园文化的特色之一。兰州鼓子是果农在消磨农闲的过程中形成，悠扬的曲调与静谧梨园相辅相成、和谐统一。如今在什川镇，由什川百姓自发组织的鼓子协会，是由老一辈的魏周江、陆孝兰等艺人一手兴办，并出资出力培养年轻的一辈。此外，家族祭祀文化也是古梨园的一大文化特色。2017年清明节之际，什川镇新建了魏氏祠堂，并举行了祭祖大典，它代表着梨园人数百年种植梨树开拓进取的精神，是古梨园得以数代相传的精神动力；魏园的两侧也建成了古梨园博物馆，将家族文化与梨园文化相结合，一方面让后人记住祖先的开拓梨园之功，另一方面也使古梨园的古法种植技术体系得以传承，为什川古梨园的旅游发展提供了新方向。

二、古梨园保护与发展面临的威胁

古梨园在当今的发展情况不容乐观，古梨园作为世界第一古梨园，本应该得到社会各界的关注和保护，但是多年来并未得到妥善的保护和管理，古梨园的发展面临严重的威胁。

（一）管理层面

1. 政府管理

缺乏法规制度。什川古镇的梨园面积有限，开发商近些年掀起在梨园圈地建房、圈地修建度假村的热潮，强占梨园的土地，梨园面积面临逐年缩小的威胁；其次，古梨园内部规划混乱，村落中的房屋高度不齐，长宽不一，建筑风格与梨园的风格极不协调；甚至农户家会在梨树的上部搭建屋子，增加古梨树的负荷量；再者，部分农户会将修建房屋的"障碍树"直接砍伐。但是，面对这种情形，政府并没有采取有效措施加以制止。

2. 果农管理

什川古梨园几百年来都采用的是原生态的耕作及管理方法，祖先发明创造的防虫、吊果及储藏等方法，大都是不动金属剪、锯修剪，更无当今的化肥农药，正是这样，才使得古梨树历经百年而不衰。但近些年各式各样的农药化肥入驻农家果园，因古法种植的工序较为烦琐，耗费的时间精力较多，类似"天把式"等高空作业的管理甚至会威胁到生命安全，使用简单高效的化学药物便成为大家"喜闻乐见"的操作，只是治标不治本的管理方法对梨树的伤害不言而喻。古梨园是原生态的果，多年来一直依靠原汁原味的管理方法，但是因果园经济不景气，果农在管理过程中急于求成，渐渐地抛弃了古法种植的传统技艺。

近些年来，由于果品效益低下，农民收入甚微，梨园内的诸多果农不再集中精力管理，在古梨树的生长、剪枝、授粉、除虫等各个方面不再投入时间、精力，果农为赚取更多利益，有的栽植其他效益更好的果树，更有甚者不惜砍伐古梨树来建度假村，古梨树的数量日趋减少；果农放弃务农，无心管理梨园，急于发展旅游业，但是这种发展缺乏相对应的管理模式和专业的经营理念，久而久之造成树势衰弱，病虫严重，古梨树每况愈下，古法技艺也随之消失。

（二）市场层面

什川的梨果由于包装简陋，知名度较小，未打造出自身品牌，因此梨果销售便成为果农一大棘手问题，经常造成滞销现象。因而果农会选择栽种销量更好的果树而放弃古梨树。同样在梨果出口方面，由于自身各方面限制，冬果梨和软儿梨在国内、外出口极为有限，梨果在经济贸易中的地位处于劣势地位，梨果市场的局限性迫使果农另辟市场。经济效益低下也是古法种植技术被抛弃的重要原因，最终使得梨园原始生态系统遭到破坏。

（三）生态层面

自然灾害和人为活动与什川古梨园的发展息息相关。为了吸引更多的游客，什川镇免费对外开放，不限车辆进出，梨花会期间，每天进入什川的汽车近万辆。"据统计，每千辆汽车每天排出一氧化碳约3000kg，碳氢化合物200～400kg，氮氧化合物50～150kg；汽车尾气最主要的危害是形成光化学烟雾，其危害主要是引起红眼病、慢性呼吸系统等疾病。光化学烟雾能使树木枯死，农作物大量减产；降低大气能见度，妨碍交通。"[6]在这般情形之下，什川的生态环境导致梨园原始生态系统失衡。

（四）历史因素

梨园出现的问题一部分源于历史因素，1978年后实行家庭联产承包责任制，责、权、利明确，林果的经济与各家的利益相关，原先每亩7棵软儿梨中间会有一棵鸭梨树作为授粉树，但之后由于受到经济效益的影响，果农将自家的授粉树嫁接为冬果梨或软儿梨，经济梨园内部的古法种植系统紊乱，物种多样性消失；从而导致梨树生产环节中断，林果经济也随之下滑，久而久之果农弃之不顾，形成恶性循环。

三、什川古梨园保护与发展的有利条件

什川的古梨园在近些年遭到破坏，引起了社会各界的广泛关注，保护什川古梨园有其自身的有利条件。什川的古梨园有长达四五百年的历史，果农对于管理古梨树有着独特的经验和方法，如绿色循环可持续发展的防虫灭虫技术，独特巧妙的防霜方法以及祖先别具特色的授粉技巧，更有发明创造的生产工具，解决了梨园生产管理过程中的难题，形成一个活性生态系统。

（一）管理制度逐步完善

2013年申请农业文化遗产地之后，什川镇政府及市、省政府通过多次实地调查研究，发掘出古梨园在历史、文化、经济、生态方面的价值，引导什川古梨园朝着立体式农业园发展；并且增加资金，加大宣传力度，逐步提高什川果农的自信心和自豪感，以便有效恢复梨园的古法种植，还原梨园原始的生态系统；此外，制定相关政策、采取必要措施包装什川的特色果品，使得其远销各地，开辟市场，增加农业收入，提高农民的生产积极性。2017年成立了什川古梨园景区规划委员会和什川梨园保护中心，专门管理什川古梨园的发展，并且制定了合理的规章制度。

（二）民间意识逐渐提高

什川古梨园的发展状况引起民间诸多有识之士的广泛关注，民间意识逐渐提高为保护和发展古梨园具有重要意义。其中，有自称"什川大妈"的魏玉红登上湖南卫视宣传家乡软儿梨和万亩梨园，在梨园长大的魏著新先生创办了微信公众号"老魏的新视界"，通过定期推送有关梨园的相关信息，吸引了很多人的关注，并为古梨园的发展建言献策。除

此之外，农业文化遗产地引起了学界的关注，很多从事农业研究、果树研究、旅游文化研究以及史学研究的学者均到梨园考察，从不同专业角度思考梨园的发展，呼吁各界保护古梨园。

（三）发展方向较为明确

近年来什川古梨园面临被蚕食、挤占的危险，古树长势衰弱、果品质量下降，严重的病虫害也危及古树存活，什川古梨园的唯一性和不可复制性要求必须保护与开发并重。为此，皋兰县政府成立专门的古梨园保护中心，制定古梨园保护发展规划和管理办法，通过摸底建档、信息采集、养护复壮，科学合理利用古梨树资源。推广"天把式"梨树管护技艺，恢复古法种植技术，还原古梨园内部稳定的生态系统。

为此，明确古梨园发展的新方向：由单一的经济果园向生态文化园的转型过渡，结合当地特点探索发展树下经济，科学合理规划，补植补栽，巩固扩大梨园规模，形成"大景区"格局。加强古梨园的原始生态技术保护与支持，促进梨果的深度开发，增加产品附加值，提高果农收入，有效调动果农参与古梨园保护开发的积极性，恢复梨园整体生态系统。

四、什川古梨园保护与发展的策略及建议
（一）恢复古法种植、转变发展模式

古法种植是维护梨园百年生存的基础。深翻腐化土壤，增加土壤有机质，提高土壤肥力。注重树体管护和更新复壮，每年对果树进行整形修剪，改善通风透光条件，更新复壮促使果树既生长又结果；注重授粉品种配置和花期放蜂；注意科学选栽树种：一是在古梨园空闲地，仍栽植梨树，禁止栽植核果类果树，减轻梨小虫的危害；二是限制栽植针叶绿化树种，对已栽植的刺柏进行彻底清除，切断锈病侵染途径。格外需要注意的是加强病虫害综合防治，根据梨树病虫害发生发展规律，适时

预测预报，以"绿色、环保"为前提，尽可能地恢复古法种植，恢复梨园原始生态系统，作为梨园转变发展模式的基础。

什川镇的旅游业在逐步兴起，外来游客逐步增多，因此在发展过程中需要完善什川镇的旅游基础设施，政府明确指出古梨树的保护与发展的新方向：由最初单一的果农林果经济向立体式生态园转型过渡。立足于恢复古法种植技术和古梨树保护，保护是旅游发展的前提，形成"保护—开发—扩大—保护"的新模式，积极引导古梨园规模化经营，转变观念，确保果农的收益，以原始生态系统为基础转为立体式经济发展模式。

（二）加强法规建设

申请农业文化遗产地成功之后，各级政府需要制定保护发展并重的管理办法，完善监督和奖惩手段等。2017年兰州人大常委会在什川古梨园调研时，提出"要尽快制定和出台地方性法规，以严格的法律法规保护古梨园、古梨树。在做好古梨树编号登记建档的同时，古梨树保护服务中心加强巡查工作，划定出古梨树的核心保护区和生态保育区，兰州市政府法制办于同年制定《兰州市什川古梨树保护条例（草案）》"，意图恢复古法种植技术，保护古梨园的生态系统。

（三）加大宣传力度

古梨园的发展需要宣传和普及相关知识，打造冬果梨和香水梨（软儿梨）的品牌，提高梨果的知名度。建立农业文化遗产保护示范户机制，选择具有积极性的农户作为示范户，在政策、资金、市场、技术等方面给予支持，形成效果明显的示范效应，从而带动其他农户保护古梨园，恢复并长期坚持古法种植技术与梨园原始生态系统。对有古梨园种植农户给予适当的经济支持，并进一步跟进观察，了解果农在收入及保护意识的动态信息，为农业文化遗产保护提供科学依据。

（四）其他建议

1. 扩大梨园面积，注重古梨园保护的科技支撑。

2. 加强与农业院校、科研院所之间技术合作，组成古梨园保护专家团队，制定科学合理的古梨树管护技术方案，制定《古梨树管护田间作业历》。

3. 加强梨园技术培训和梨园管理技术服务，强化专业技术人员的培养，邀请梨树专家开展技术讲座和技术指导，如兰州市高级农艺师张文利专家，以此提高古梨园科学化管理水平。

4. 建设古梨园博物馆，科学划定古梨园核心区，并实行人、园分离，统一规划安置，建立"什川新村"，真正把什川古梨园建成生态文化博览园。

五、结语

什川的古梨园自明朝开始已经有四五百年的历史。由于近些年破坏较为严重，古法种植技术面临濒危的威胁，打破了梨园内部的生态平衡，保护古梨园引起社会各界的广泛关注。在果农、政府及各界的共同努力下，希望积极恢复古法种植，转变梨园的发展方向，恢复梨园原始生态系统。保护与开发并重，结合当地的民俗文化打造什川古梨园深层次文化，合理发展旅游业，坚决避免遗产地景区化，发挥其科普和教育功能，为其他农业文化遗产地的保护与发展提供借鉴，为现代农业的发展提供新方向，实现传统农业文化与现代农业知识的结合。

[基金项目：西北农林科技大学基本科研业务费人文社科项目（A115021710）和杨凌示范区科技计划项目（2015RKX-10）的阶段性研究成果之一。]

古梨树上搭房子（张铁柱摄）

注释

[1] 宋宁艳、卫丽：《甘肃什川古梨园农业文化遗产保护与开发策略研究》，原载：《古今农业》，2018年第2期。

[2] 魏孔毅、魏荣邦主编：《什川史话》，兰州：甘肃文化出版社，2011年。

[3] 刘秀琴、张自和：《兰州古梨树群调研与保护初探》，《草业科学》，2008年第10期。

[4] 张俊霞：《梨文化及其开发利用研究》，南京：南京农业大学硕士论文，2010年。

[5] 穆明祥：《陇上行吟集》，兰州：敦煌文艺出版社，2007年。

[6] 魏玲：《什川镇古梨树在旅游开发过程中的保护》，《华人时刊》，2012年第5期。

　　"农业文化遗产"这个概念，是我在博士毕业后进入农史领域却苦于不知如何进行研究的时候，偶然遇到的。苑利教授向全国农史学界征集"走进桃花源：中国重要农业文化遗产地之旅丛书"系列丛书的作者。当看到他对作者的要求："以背包客的身份，深入乡间，走进田野，通过他们的所见、所闻、所感，把一个个湮没在岁月之下的历史人物钩沉出来，将一个个生动有趣的乡村生活记录下来，将一个个传统农耕生产知识书写下来。"我顿时兴趣盎然。我想起我的农史专业导师樊志民先生的话，做农史研究，如果没有一点农业生产的经验，是做不好的。我生于农村，却自幼在城市生活，虽然每逢年节与假期会有一段时间在老家度过，但是，对农村、农业和农民总还是有些距离。苑老师的号召不正是一个很好的体验农村生活、亲近农业生产的机会吗？

所以，我欣然应征。

得到苑老师的肯定后，我虽然十分欣喜，但是一度也产生了疑惑。选择哪个地方，如何开展调查，几乎没有农业生产经验的我能否完成任务等等问题接踵而来。后来，考虑到我曾就读于兰州大学，在兰州生活过4年，对兰州市及周边的风土人情比较了解，最后选择了离兰州市较近的什川古梨园。一来这里交通相对方便，二来语言上也应不会有大的障碍。说走就走，为了能按苑老师的要求进行调查，我和学生们曾前后10多次于不同季节到访，每次调查一周左右，尽量住在农民家里。第一次去什川是梨花开放的季节，我被古梨园的美景深深震撼了，铺天盖地的洁白梨花与周围绵延不绝的黄土山脉形成了鲜明的对比，顿时在心里大呼：这里简直就是一处远离尘世纷扰的"桃花源"啊！随着调查的深入，之前所有的担心逐渐消散，古梨园的神奇魅力与奥秘也渐次呈现。奔流不息的黄河和厚重肥沃的黄土滋养着什川这方土地，使这里的古梨树虽历经数百年沧桑，仍然枝繁叶茂。春季，古梨园是一片梨花的海洋，关中四月芳芬已尽，古梨园却依旧春意盎然。夏季，古梨园则是一座绿色的森林，高大的古梨树绿荫蔽日，人们徜徉其中，流连忘返。秋季的古梨园是艳丽的五彩画廊，金黄的梨子挂满枝头，香气四溢，累累可爱，一片繁荣锦绣。而冬季这里又成了白雪覆盖的童话世界，古树虬枝，苍劲有力，步入古梨园，不禁生出穿越时光之感。不得不承认，作为一个感性的人，我是首先被古梨园的美景所吸引的。

真正让我走进并了解古梨园的，还是淳朴而充满智慧的古梨园的传统农业文化。由于地狭人稠，什川人祖祖辈辈以种梨树和各类果树为生，创造出一套人与果树、与自然和谐相处的复合生态系统和农业生产体系。他们与梨树相依为命，自500年前的明嘉靖年间便开始种梨树，至今仍然守护着400年以上树龄的古梨树72株，300年以上的600余株，200年以上的数千株，百年以上的9000多株。当地人把种梨树称为"务高田"，他们在长期的果树种植实践中总结出不同于大田生产的独特的栽培方式，他们不仅刮树皮、堆沙、烟熏、涂抹自制农药以防治病虫害，最让人叫绝的是，他们要攀爬形似蜈蚣高10多米的云梯，穿梭于古梨树的枝杈之间，修枝整形、疏花疏果、竖杆吊枝、采摘果实，所以，当地果农被形象地称为"天把式"。记得第一次去什川，我请一位大妈推荐一个"天把式"，她哈哈大笑，说："我们这儿个个都是'天把式'呀！"大妈说的是真的，后来我们走到梨园里，随处可见在高大的古梨树间穿梭忙碌的人们，他们的自由灵活堪比爬树的猴子，从树下仰头望去，真是名副其实的"天把式"。

古梨园盛产软儿梨和冬果梨，梨具有很高的经济价值和食用价值，而软儿梨需要冰冻软化方可食用的独特吃法，及其润肺、化痰、解煤毒等功效，十分受当地人喜爱，严冬时节吃冰凉的软儿梨是什川饮食文化上的一个特色。当地流传着一首诗："冰天雪地软儿梨，瓜果城中第一奇。满树红颜人不取，清香偏待化成泥。"便是写照。在什川调查，老乡们常常会从地窖或冰箱里端出一盘深褐色有薄冰包裹的软儿梨招待我们，需要先敲开薄冰，轻轻撕掉梨皮，用勺子挖着吃。梨肉软糯香甜，沁人心脾，难怪有"东方冰激凌"之称。

在古梨园里徜徉，往往令人流连忘返，我想不只因为贪恋那里美丽的自然风光，更多的可能是因为当地深厚浓郁的农耕文化让人着迷。多次赴什川调查，对那里越熟悉，就越能感受到梨园文化的丰富可爱和当地的人杰地灵。什川铁芯子如老梨树开新花，已成为古梨园春节社火民俗中最亮丽的风景。兰州鼓子悠扬悦耳，与古梨树相映成趣，是名副其实的梨园文化。根雕等多种工艺制作技艺、多彩的民间传说、特色饮食文化等都体现着梨园文化的深厚底蕴。而古镇街头那棵500年古槐树和金城魏氏祠堂的傲然耸立，更显示着什川先祖筚路蓝缕的创业史话。

在什川的日子里，心头总有一种感动与震撼萦绕，同时，也总有一丝惆怅挥之不去。数百年来，纯朴善良、可亲可敬的什川人用他们的勤劳与智慧为我们守望着这片美丽的古梨园，也为世界保留了一份珍贵的农业文化遗产。然而，随着工业化、城市化以及旅游业的发展，这片古梨园正在被侵蚀、面积逐渐在减少，古梨树也面临着无人看护甚至被砍伐的危险。走在古梨园，面对被砍伐后的古梨树树桩、新建的别墅、随处可见的垃圾、随意攀爬古梨树的行为，不能不令人忧心忡忡。因此，我们记录古梨园，希望这片承载着中国农耕文明的农业文化遗产地和现代人的乡愁的美丽乡村能为更多的人所知晓和关注，也希望人们共同努力，让古梨园能更好地持续发展下去。

书中记述的人和事，远远未能涵盖古梨园农业文化遗产的全部。什川，还有太多太多的人和故事值得书写。但是，书稿必须告一段落。此时，不由得感慨良多。

我要深深地感谢什川，感谢在什川遇到的各位大妈、大叔，以及每一位善良纯朴、可亲可敬的什川乡亲，他们不断被我们采访、打扰，但总是不厌其烦地为我们解答，示范。感谢老魏以及他的公众号"老魏的新视界"，感谢摄影爱好者张铁柱先生，感谢什川古梨园保护中心的杨主任给我们提供了各种图片、资料。

感谢苑老师让我遇见古梨园。苑老师是一位令我敬佩的非常勤奋刻苦、平易近人的学者，我与苑老师的当面交流不超过三次，其中包括两次视频和开会时的一次当面交流，但是，在我心中已经觉得他是非常熟悉的老师了。印象最深刻的就是苑老师的"朋友圈",这是因为每天往往凌晨了,他还在微信朋友圈里发动态,或者在修改书稿,或者在某地调研、作报告,或者发一些与文化研究相关的消息,而我每日起床前习惯性看手机的时刻,苑老师的消息总是已经准时地出现在朋友圈里。苑老师通过这一方式,传达着他本人对民俗文化、对农业文化遗产,以及对学术研究的极大热情和无比执着。同时,也在感染、教育着他的"朋友圈"里的每个人,我相信受到感染、教育和激励的一定不只是我。书稿的完成,与苑老师的指导与鼓励分不开。他说可以借鉴"知识考古"的方法,也就是发挥我们农史学者在考证方面的优势进行书稿的写作,这对我的帮助很大。我不知道书稿在这方面是否达到了苑老师的要求,还请各位读者进行评判。

感谢刘媛、朱家楠和宋宁艳3位同学。文稿中有不少篇是在他们提供的材料的基础上修改而成的。我由于孩子年幼无人照看,又不想错过什川的一些重要的农业文化活动,因此就会派他们去。朱家楠为了考察什川的年节习俗,有一年初一刚过,便独自一人赴什川考察,直到正月十五过后才返回。宋宁艳本科在西北师范大学读书,大四毕业前,研究生尚未入学时,就多次被我派去什川考察。他们一方面给我提供了考察资料,另一方面也亲身接触了什川古梨园的生产、生活及其相关的文化活动,开阔了眼界,也为以后的农史学习和研究奠定了很好的基础。宋宁艳的硕士论文选题就是与我一同赴什川等地调研时受到启发而逐渐形成的。

卫 丽

2019年春于杨凌